A VINGANÇA DE HEROBRINE

Jim Anotsu

A VINGANÇA DE HEROBRINE

Uma aventura não oficial
de Minecraft

Copyright © 2016 Jim Anotsu
Copyright © 2016 Editora Nemo

Todos os direitos reservados à Editora Nemo.
Nenhuma parte desta publicação poderá ser reproduzida,
seja por meios mecânicos, eletrônicos, seja via cópia xerográfica,
sem a autorização prévia da Editora.

A vingança de Herobrine é uma obra original de *fanfiction* de Minecraft que não está
filiada a Minecraft, Mojang AB, Notch Development AB ou Scholastic, Inc. É uma obra
não oficial e não está sancionada nem depende de aprovação dos criadores de Minecraft.
Minecraft® é uma marca registrada de Mojang AB.

GERENTE EDITORIAL
Arnaud Vin

EDITORES ASSISTENTES
Carol Christo
Eduardo Soares

CAPA
*Carol Oliveira (sobre ilustração de
Victória Queiroz/VicTycoon)*

DIAGRAMAÇÃO
Guilherme Fagundes

REVISÃO
Renata Silveira

Dados Internacionais de Catalogação na Publicação (CIP)
(Câmara Brasileira do Livro, SP, Brasil)

Anotsu, Jim

A vingança de Herobrine : Uma aventura não oficial de Minecraft
/ Jim Anotsu. -- 1. ed. -- São Paulo : Nemo, 2016.

ISBN 978-85-8286-288-9

1. Ficção juvenil I. Título.

16-00661   CDD-028.5

Índices para catálogo sistemático:
1. Ficção : Literatura juvenil 028.5

A **NEMO** É UMA EDITORA DO **GRUPO AUTÊNTICA**

São Paulo
Av. Paulista, 2.073, Conjunto Nacional,
Horsa I, 23° andar, Conj. 2301
Cerqueira César . 01311-940
São Paulo . SP
Tel.: (55 11) 3034 4468

Belo Horizonte
Rua Carlos Tuner, 420,
Silveira . 31140-520
Belo Horizonte . MG
Tel.: (55 31) 3465 4500

Rio de Janeiro
Rua Debret, 23, sala 401
Centro . 20030-080
Rio de Janeiro . RJ
Tel.: (55 21) 3179 1975

Televendas: 0800 283 13 22
www.editoranemo.com.br

Para os meus amigos:
You know who you are.
A rua é nóiz.

*Isto é sobrevivência do mais forte,
É questão de vida ou morte,
O vencedor leva tudo,
Então, leve tudo!*

— *Eminem*, "Survival"

PARTE I: A GAROTA E OS PIXELS

CAPÍTULO 1
A NOVA TRILHA

Algumas pessoas gostam de chocolates, outras gostam de rap e algumas gostam de acordar cedo no domingo — sim, eu sei que é maluquice. Eu gostava de jogos: League of Legends, World of Warcraft ou Dota, não havia um jogo que eu não houvesse jogado. Contudo, o meu favorito sempre havia sido Minecraft, horas e horas dedicadas a construir casas, aniquilar monstros e procurar comida. Pode não parecer a coisa mais legal do mundo para algumas pessoas, mas era definitivamente viciante. Foi justamente o meu vício no Mundo da Superfície que me colocou no meio de tudo aquilo, mas eu acho melhor começar do início, bem do início...

Era sempre assim: Eu saía correndo da escola, voava rua abaixo e chegava em casa em cinco minutos para jogar um pouco antes do jantar. Pegava o elevador do prédio, entrava em casa, pegava alguma coisa na geladeira — ouvia minha mãe gritar comigo porque havia deixado alguma coisa cair no chão — e corria para o computador no meu quarto.

— Bia — disse minha mãe ao me ver passar. — O jantar já está quase pronto, não demore.

Acenei para ela. — Cinco minutinhos! — respondi.

Eu geralmente demorava bem mais do que cinco minutinhos, mas se eu não jogasse naquele momento, não poderia jogar tão cedo, porque depois da hora do jantar seria a hora da lição de casa. O problema de ter 13 anos é que você está bem perto de ser livre e independente, mas ao mesmo tempo, incrivelmente longe. É como um tatu esticando os braços para tocar na Lua; não é a melhor das metáforas, mas serve para ilustrar como eu me sentia em relação aos problemas da adolescência.

Troquei minha camiseta de uniforme por uma surrada do Linkin Park e prendi meus cabelos. Liguei o computador e entrei direto no jogo, torcendo para que nenhum *griefer* tivesse destruído minhas construções. Sempre achei que aquele fosse o maior problema no mundo digital: pessoas que gastavam todo o seu tempo atrapalhando o jogo dos outros, destruindo aquilo que alguém havia se dedicado a construir. Os *griefers* vinham causando muito incômodo, principalmente nos últimos dias, e jogadores do mundo inteiro reclamavam de problemas no jogo, mas nem mesmo os criadores pareciam ter respostas.

— Por favor, Minecraft — murmurei. — Deixe o meu castelo continuar existindo. Em nome do Pai Notch.

Nós últimos tempos os servidores de Minecraft sofriam com problemas inexplicáveis: Áreas inteiras do mapa que eram destruídas, hordas de monstros que jogadores não conseguiam combater e portais do Nether espalhados por todo canto. Era pior do que na época em que um jogador *griefer* apelidado de Rei Vermelho tentava comandar tudo. Por sorte, minhas coisas estavam intactas: o castelo que eu estava construindo, com dez torres e centenas de túneis, e o curral com vacas e ovelhas e uma cachoeira fabulosa. Havia um *creeper* rondando minha casa, mas isso era de se esperar, e eu poderia acabar com aquela coisa verde em alguns segundos.

Tudo parecia bem no meu mundo digital. Minha personagem cuidava da plantação e dos animais, um dia normal no Mundo da Superfície. A palavra "parecia" deve ser destacada porque foi naquele instante que as coisas mudaram, desandaram e saíram do controle.

A tela do computador travou, e nada do que eu fazia parecia ser capaz de alterar aquilo. Imaginei que fosse algum problema com o hardware do meu computador, mas então a tela ficou completamente verde e uma longa sucessão de números apareceu. Zeros e uns que se alongavam por toda a tela numa sequência infinita.

— Mãe, você mexeu em alguma coisa do roteador? — gritei a plenos pulmões.

Dei alguns tapas na CPU, mas isso era mais placebo do que técnica. Apertei todas as teclas possíveis, mas as coisas permaneciam iguais. Foi nesse segundo, quando eu já me preparava para puxar a tomada e acabar com tudo aquilo, que o brilho da tela se tornou ainda mais forte, invadindo o quarto por inteiro e me obrigado a fechar os olhos. Aquele foi um dos segundos mais longos de toda minha vida, tudo pareceu ficar em câmera lenta. Era como nadar contra a pior correnteza, eu sentia meu corpo sendo puxado.

Gritei.

Aquele filme de horror prosseguia, meus dedos tentando se agarrar a qualquer coisa, mas impelidos por uma força invisível a se soltarem. Eu era engolfada por aquele mar de brilho verde e tudo ficou escuro enquanto eu não sentia mais nada...

```
01010101 01110011 01110101 11000011
10100001 01110010 01101001 01100001
00101100 00100000 01100001 00100000
01110000 01101111 01110010 01110100
01100001 00100000 01100100 01101111
00100000 01001101 01110101 01101110
01100100 01101111 00100000 01100100
01100001 00100000 01010011 01110101
01110000 01100101 01110010 01100110
11000011 10101101 01100011 01101001
01100101 00100000 01100101 01110011
01110100 11000011 10100001 00100000
01100001 01100010 01100101 01110010
01110100 01100001 00101110 00100000
01001100 01110101 01110100 01100101
```

NOÇÕES SOBRE O MUNDO DA SUPERFÍCIE:

O MUNDO DA SUPERFÍCIE

Por Punk-Princess166

Os blocos desse universo são tão reais quanto a terra, as pedras e a grama do mundo real. É fácil se deixar levar e achar que não existe vida nas criaturas pixeladas que caminham pelo Mundo da Superfície, mas isso seria um erro.

O dia nasce, o Sol se põe, e então vem a Lua...

E os monstros.

Estar descansado e bem alimentado é crucial quando a Lua está alta no céu, trazendo todo tipo de criatura para bater em sua porta.`

Lá, tudo é feito sem martelos ou pregos, lixadeiras ou serras. Tudo que você precisa é das matérias-primas empilhadas da forma correta em uma mesa de trabalho, e assim poderá fazer algo tão simples quanto uma tigela, ou algo tão complexo quanto um suporte de poções para alquimia.

A maioria das coisas importantes são encontradas bem fundo na rocha. Ferro, carvão, ouro e diamantes, para fazer novas receitas ou espadas e armaduras para enfrentar os maiores perigos que o escuro traz.

Durante o dia, a vida pode ser normal e pacata, criando vacas, plantando, preparando bolo e colhendo ovos. Um jogador bem-preparado é um jogador feliz. Mas para se preparar precisará passar por uma série de perigos e provações. Só os mais fortes sobrevivem.

CAPÍTULO 2
O NOVO MUNDO

Foi assim que começou: Meus olhos demoraram um tempo para se acostumarem com a luz. O calor do Sol sobre a minha pele e o gosto de terra na minha boca. Eu não fazia a menor ideia de como havia parado ali, mas estava certa de que era apenas o começo dos maiores desastres e confusões.

Levantei ainda tonta e encarei o mundo diante de mim: formas quadradas que se estendiam até onde a vista alcançava, contornos que eu já havia visto várias vezes na tela do meu computador — árvores, pedras, animais e até mesmo o Sol acima da minha cabeça. Não fazia a menor ideia de como havia chegado ali, não sabia como voltar e se algum dia isso aconteceria. Mas eu estava no Mundo da Superfície e mal podia acreditar!

Olhei para aquela extensa campina e fiquei feliz de não ter caído no meio de uma floresta ou durante a noite, quando os monstros rondavam, uma vez que eu não tinha uma espada de madeira comigo. A sorte estava do meu lado, surgir num bioma agradável era o primeiro passo.

Bem, o fato é que eu não sabia que horas eram ou quanto tempo faltava para o anoitecer, por isso decidi andar numa direção qualquer e procurar algum abrigo. Aquilo era o mais importante: encontrar alguma proteção contra as criaturas que vagariam por ali quando escurecesse. Respirei fundo e comecei a andar em direção ao Sol. Tudo estava silencioso e em seu devido lugar, mas eu tinha a impressão de que as coisas não continuariam assim por muito tempo.

Eu me lembrei de como havia chegado ali: os números na tela do meu computador, a luz verde e a sensação de estar sendo puxada. Se a minha mãe tiver escutado meus gritos, provavelmente estaria em casa fazendo um escândalo e chamando a polícia, o exército e os fuzileiros navais. Por isso, era melhor que eu encontrasse um caminho de volta bem rápido.

Andei por mais ou menos meia hora, sempre em direção ao Sol (que já começava a descer um pouco — não muito, mas o suficiente para me preocupar) e recolhendo algumas frutas comestíveis aqui e ali. Elas tinham um gosto mais adocicado do que as do meu mundo e deixavam a língua dormente por um instante — não era ruim, considerando que era comida digital. Ainda estava mordendo uma maçã quadrada quando ouvi alguém gritando uma palavra feia.

Eu não estava sozinha! Larguei minha maçã e segui a voz, que vinha da minha esquerda e estava acompanhada de outro som, algo parecido com o das armas *laser* dos filmes de ficção científica.

Decidi andar em silêncio até descobrir se era um possível aliado ou inimigo. Peguei uma pedra no chão

— a pior arma possível, mas era melhor do que não ter nada — e segui os barulhos, cada vez mais próximos e audíveis. Havia um barranco mais adiante e eu me agachei perto dele para observar o que acontecia uns dois metros abaixo.

Lá estava um garoto tão humano quanto eu, de calça jeans e moletom vermelho com capuz, segurando uma grande espada de ferro na mão e investindo contra seu inimigo — uma criatura gigantesca, escura, com olhos roxos e braços longos, o monstro que assustava a maior parte dos jogadores de Minecraft: *enderman*. A batalha era violenta e o menino de capuz usava a espada com destreza, desferindo vários golpes enquanto fugia do alcance daqueles gigantescos braços.

Eu vi o momento em que o garoto girou a lâmina e cortou um dos braços da criatura. Houve um berro de dor e o monstro se teleportou para longe de seu inimigo. Uma decisão que seria contestada até o fim pelo humano, que correu até onde o *enderman* se encontrava e continuou sua sessão de ataques da forma mais furiosa e impiedosa possível. O monstro tentava ganhar distância, mas estava fraco e seus poderes não o ajudavam muito.

Foi nesse momento que a criatura desapareceu mais uma vez e eu fiquei esperando que ressurgisse ao redor do garoto, mas eu estava enganada. Escutei aquele barulho característico, como se um grande chicote estalasse no ar, e soube imediatamente: O *enderman* estava atrás de mim!

Olhei para cima e encontrei aqueles olhos roxos que brilhavam como fogo. A criatura já estendia o braço para me agarrar e minha primeira reação foi gritar a palavra mais feia que havia no meu repertório.

Girei o corpo em desespero e rolei pelo barranco, sentindo meu corpo bater contra as pedras e a terra molhada e caindo em velocidade constante. Torci mentalmente para não quebrar muitos ossos e gritei todas as vogais possíveis e impossíveis enquanto meu corpo percorria aquele trajeto. Tudo aquilo aconteceu bem rápido, rápido até demais para o meu estômago, que ficou completamente enjoado e dando voltas.

— Droga — resmunguei quando meu corpo estacionou no pé do barranco. — Da próxima vez eu pego o elevador.

Eu ainda não havia me levantado, mas estava ciente de que o *enderman* havia voltado para perto de nós e avançava contra o garoto de capuz. Dessa vez, no entanto, as coisas encontrariam seu fim: o garoto investiu contra o monstro e deu um salto, sua espada em mãos. Meus olhos não perceberam exatamente o que aconteceu, eu ainda estava um pouco zonza e confusa, mas vi o exato momento em que a cabeça do monstro caiu pelo chão e rolou, manchando o chão com sangue escuro.

Tentei falar alguma coisa, mas a ânsia de vômito falou mais forte e decidi ficar quieta. O garoto misterioso caminhou até o cadáver do *enderman* e cravou a espada no peito da criatura, para então se ajoelhar e enfiar a mão lá dentro, procurando alguma coisa. Eu tinha uma ideia do que ele estava procurando e aguardei enquanto ele puxava uma grande pérola — uma pérola ender, a coisa que dava ao *enderman* a maior parte de seus poderes (e um tesouro valioso nas mãos do jogador certo).

Então, pela primeira vez, o garoto olhou para mim. Seus olhos não tinham muita expressão, e um sorriso era definitivamente a última coisa que passaria naquele rosto. Era um garoto de cabelos dourados e olhos claros do tamanho da Lua.

Comecei a abrir a boca para falar alguma coisa, mas minha experiência no barranco ainda estava muito fresca e a única coisa que fiz foi forçar um sorriso e apresentar para o mundo todo o conteúdo do meu estômago.

Não foi bonito de se ver e eu quase me senti envergonhada.

Quase.

CAPÍTULO 3
ENCONTROS NO MUNDO DA SUPERFÍCIE

Eu levei um minuto inteiro para conseguir me colocar de pé. Minha cabeça começava a doer e meus braços estavam completamente arranhados e sujos. O garoto de capuz não fez nenhum movimento para me ajudar e se limitou a observar a cena. Quando viu que meu mal-estar estava sob controle, deu um passo adiante e falou:

— Você também é uma Usuária — sua voz era calma e fria. — Como chegou aqui? Tem mais alguém com você?

Balancei a cabeça de um lado para o outro.

— Não — respondi. — Estou sozinha. Não faço a mínima ideia de como cheguei neste lugar, eu estava jogando na minha casa e... Aqui estou!

Ele limpou a espada com um trapo tirado do bolso e fez o mesmo com sua pérola ender, colocando-a em seguida numa mochila que havia jogado para um canto antes da luta. Ele era metódico em suas atitudes e cada movimento parecia ser calculado de antemão.

— Você deu sorte de ter desovado aqui — comentou ele. — Grande parte do Mundo da Superfície já foi devastada por Herobrine e seus capangas...

Deixei que meu rosto expressasse todo o desconcerto que aquela frase continha. A única coisa que eu pude fazer foi rir.

— Herobrine? — respondi. — Todo mundo sabe que ele é uma lenda urbana para assustar jogadores *noobies*.

— A maioria das pessoas não acha que seja possível cair dentro de um mundo digital — respondeu ele. — Mas aqui estamos. Herobrine é real e pior do que você imagina, uma máquina de destruição que planeja eliminar tudo que existe.

Ele tinha razão, nem havia sentido em duvidar da existência de Herobrine depois do que eu havia visto. No entanto, se isso fosse verdade, seria a pior coisa do mundo. Eu conhecia a história de Herobrine, de como ele era a criatura que todos os jogadores temiam, que vigiava os jogadores e corrompia tudo em seu caminho, controlando monstros e transformando até as criaturas mais dóceis em monstros assassinos.

— É por isso que o jogo tem tido problemas do outro lado? — perguntei. — Hordas de monstros, portais do Nether e partes do mapa que desapareçam?

Ele colocou a mochila nas costas e começou a se afastar. Sem ver outra opção, segui-o. Tomei a falta de reclamação como indicativo de que estava tudo bem.

O céu já começava a ficar avermelhado, um sinal de que a noite cairia logo, e, quando ela viesse, seria melhor que estivéssemos num abrigo.

— Hum... Isso quer dizer que o lado de lá já está começando a sofrer — murmurou o garoto, falando mais consigo mesmo do que comigo. — Você precisa entender que a parte em que as pessoas jogam Minecraft é apenas a parte rasa do Mundo da Superfície, a borda. Nós estamos no fundo de tudo, e se os jogadores já estão sentindo efeitos, isso significa que tenho menos tempo do que pensava.

Depois de algum tempo de caminhada, o espaço verde ia sendo substituído por um chão de pedra que se estendia até perder de vista, sem nenhuma árvore ou animal, apenas uma terra devastada e coberta com os ossos de vários *mobs* que morreram por ali. O garoto me explicou que aquilo era resultado de Herobrine, e disse que muitos anos atrás havia ali uma vila de Steves, trabalhadores comuns e esforçados que haviam sido completamente varridos da face do Mundo da Superfície. Tudo o que restava eram os ossos daqueles que por um motivo ou outro não haviam virado pixels.

Enfiei as mãos no bolso e decidi fazer a pergunta que estava me assombrando desde o início da conversa.

— E o que acontece se Herobrine conseguir chegar até a borda?

— Ele vence — respondeu o garoto. — Herobrine não planeja dominar apenas o Mundo da Superfície. Assim que terminar o trabalho dele por aqui, ele vai se infiltrar no resto da internet, e cada pequeno pedaço digital será dele. Você entende o tamanho do problema?

Sim. Eu entendia perfeitamente. Todo o mundo real estava conectado por cabos, redes e dados, as vidas de todas as pessoas estavam ligadas à internet. Eu me lembrava de quando um agente da NSA revelou ao mundo que o governo de seu país vigiava todo mundo pela internet, filmando e ouvindo tudo o que faziam — eu mal podia imaginar o que o vilão faria com esse tipo de poder. Se Herobrine conseguisse seu objetivo, tudo estaria sob seu poder, desde telefones até mísseis nucleares... E isso seria uma droga.

— Existe alguma forma de derrotá-lo?

— Estou tentando há vários anos — ele respondeu.

— Espero encontrar uma forma, caso contrário, estaremos perdidos.

Caminhamos em silêncio enquanto eu digeria os acontecimentos. Tudo parecia tão mais assustador agora! Eu não estava simplesmente jogando algo no computador, mas ciente de que se Herobrine conseguisse escapar, tudo estaria perdido: minha cidade, minha escola, minha família e minha vida. Pela primeira vez desde o início de tudo, desejei estar em casa.

— Chegamos — disse o garoto.

Ele se ajoelhou sobre uma pedra e a removeu com cuidado, revelando uma escadaria bem iluminada que descia infinitamente.

— Este é o meu esconderijo — ele respondeu. — Pelo menos por enquanto. Vamos, eu tenho um pouco de comida lá embaixo.

— É tudo que preciso — respondi.

O céu já estava quase completamente negro; estrelas despontavam no firmamento e eu já podia ouvir barulhos ao longe — monstros que desovavam aqui e ali. Dei um suspiro e comecei a descer as escadas enquanto meu companheiro de viagem colocava a pedra de volta na entrada. O lugar era silencioso como uma tumba, o que fez a próxima frase do garoto soar quase como um grito — ainda que fosse pouco mais do que um sussurro.

— A propósito... — disse ele. — Meu nome é Vincent.

CAPÍTULO 4
CONVERSAS ABAIXO DA SUPERFÍCIE

No fim da escadaria havia uma grande sala com alguns sofás, camas, uma mesa de madeira e várias armas dos mais diversos tipos em todos os cantos — como se ele estivesse se preparando para uma guerra. Eu podia ver espadas, escudos, arcos, lanças, machados e outros itens que nunca havia encontrado no jogo normal. Vincent me explicou que aquela era apenas uma de suas bases, um ponto de descanso antes de prosseguir em sua luta contra Herobrine.

— E quem é você, Usuária? — ele perguntou enquanto colocava alguns legumes no forno. — Acho que teremos bastante tempo aqui.

Eu me sentei num dos sofás e estiquei as pernas.

— Meu nome é Bianca, mas todo mundo me chama de Bia — respondi. — Sou apenas mais uma pessoa viciada em videogame e desenhos japoneses. Você tem um nome estranho... Vincent.

— Minha mãe é pintora — ele respondeu. — Vincent Van Gogh era o pintor favorito dela, é por isso que tenho esse nome.

Assenti com a cabeça enquanto deixava meus olhos vagarem pela casa do garoto com nome de pintor pós-impressionista.

— Você sabe de alguma forma de sair daqui, digo, de voltar para o mundo real? — perguntei. — Embora, eu também ache que se você soubesse, já teria voltado para casa.

Ele sorriu — uma pequena repuxada no canto da boca, para ser mais exata.

— Conheço duas pessoas que conseguiram. Foram dois Usuários que vieram antes de você: Noobie Saibot e Punk-Princess166 — ele respondeu. — E eles só conseguiram sair daqui porque Herobrine tinha medo deles e preferiu afastá-los.

Aquilo fez uma onda de adrenalina correr pelo meu corpo. Outros humanos além de nós já haviam estado ali e voltado para casa.

— Então quer dizer que Herobrine tem medo de alguém — comentei. — Poderíamos tentar enviar uma mensagem para eles.

Vincent separou os legumes em dois pratos e os colocou sobre a mesa, assim como um copo com água e alguns ovos cozidos.

— Herobrine tem medo de qualquer Usuário — respondeu o garoto. — Eu e você somos ameaças para ele e não duvido que ele já saiba da sua presença aqui. E se você está aqui, significa que temos uma chance de lutarmos contra ele e proteger nosso mundo.

Comecei a comer e não respondi, ocupando a boca com cenouras e batatas. Podíamos ouvir barulhos vindos da superfície, explosões de *creepers*, *endermen*, zumbis que procuravam alimentos e lobisomens que uivavam. Já devia ser alta noite e todos os monstros possíveis haviam desovado naquela região. Fui obrigada a pensar em como era ridículo achar que uma pessoa como eu poderia oferecer qualquer tipo de desafio a alguém como Herobrine. Se os monstros na minha cabeça já me assustavam, como eu poderia enfrentar alguém com um poder tão maligno?

—Não acho que eu possa te ajudar — respondi, por fim. — Sou uma ótima jogadora do outro lado da tela, com um *mouse* e um teclado nas mãos. Nunca usei uma espada em toda minha vida, não acho que eu possa ser de muita ajuda.

Vincent pousou seu garfo sobre a mesa e me olhou longamente antes de responder:

— Eu pensava a mesma coisa quando cheguei aqui, mas aprendi que monstros têm mais medo da gente do que nós temos deles. — O barulho de uma explosão o obrigou a fazer uma pausa. — Humanos criaram tudo isso, cada *mob*, cada bioma. Somos deuses para eles, é por isso que temos o poder de destruí-los...

Por um segundo vi um brilho forte nos olhos dele; eu sabia que eram os olhos de alguém que já havia estado em milhares de batalhas, os olhos de alguém que havia estado sozinho por tempo demais. Eu também pude ver que alguma coisa sombria se movia por trás daqueles olhos, alguma coisa que ele se esforçava para esconder e controlar. A verdade era que eu sabia muito pouco sobre a pessoa na minha frente, deixando toda cautela de lado por ter encontrado alguém como eu no meio de um mundo estranho.

— Você acha que pode derrotar Herobrine? — perguntei. — Você e uma espada de ferro no meio do nada?

— Eu *vou* derrotá-lo — ele respondeu, sua voz tremendo. — Nem que seja a última coisa que eu faça, Bia. Existe uma lenda que pode ser a chave. Eu só preciso encontrar uma pessoa que possui a versão completa da lenda. Se eu tiver essas informações, posso derrotá-lo. — Ele parou por um momento e coçou a cabeça. — Estou cansado, amanhã vai ser um dia longo. Tem um cobertor na outra cama, fique à vontade. Boa noite.

Não respondi nada, apenas observei enquanto ele deixava seu prato sobre a mesa e se sentava na cama, apanhando em seguida um livro surrado. Pude notar que a última parte da conversa havia incomodado Vincent, e o silêncio retraído era sua forma de matar o assunto antes que mais rachaduras surgissem. Meu novo amigo era uma pessoa cheia de mistérios, mas eu sabia que aquela noite não era a melhor hora para se encontrar respostas.

Com todo o cansaço do mundo, terminei de comer meus legumes e caí na cama. Em menos de um minuto senti minha consciência desaparecer dentro do mundo dos sonhos, boiando para longe enquanto minhas pálpebras pesadas se fechavam.

NOÇÕES SOBRE O MUNDO DA SUPERFÍCIE:
O QUE ACONTECE DURANTE A NOITE

Por Punk-Princess166

A noite não pertence aos vivos no Mundo da Superfície. Ela pertence à morte e às criaturas do abismo... Okay, isso é meio dramático de se dizer, mas representa muito bem o que significa o período noturno do Mundo da Superfície.

A primeira coisa a se fazer ao desovar (tem gente que fala *spawnear*, aparecer, cair... palavras diferentes para a mesma coisa: surgir em algum ponto do mapa) no Mundo da Superfície, é se preparar para a noite. E não falo de arrumar uma sopa de cogumelos ou cobertas de lã de ovelha. Falo de tochas. Um abrigo. Uma espada.

Poucas coisas são mais assustadoras que ficar sozinho no meio da noite, sem ter onde se esconder. Ou até conseguir se esconder, mas sem tochas para iluminar o abrigo. É horrível ficar no escuro, sem poder ver um palmo adiante, apenas ouvindo os ruídos de zumbis, pinças de aranhas e ossos de esqueletos.

A Lua será uma presença constante em sua vida, e o pôr do Sol deixará de ser belo para ser aterrorizante. Apenas os mais experientes podem apreciar o céu de cores alaranjadas trocando para o negrume estrelado.

CAPÍTULO 5
SAINDO DA CAVERNA

A manhã seguinte chegou de leve, e abri os olhos depois de sentir o cheiro de café invadindo minhas narinas. Eu nem era tão fã assim de café, mas qualquer coisa que me lembrasse de casa já era uma vitória, fosse um aroma ou um gosto na minha boca. Deixei aquele perfume me hipnotizar por alguns minutos e olhei para o lado apenas para encontrar Vincent colocando dois copos e um bolo sobre a mesa.

— Bom dia — disse ele. — Espero que esteja melhor. Preciso continuar minha viagem ainda hoje, o lugar que procuro fica aqui perto e pode ser minha última chance de vencer Herobrine. Quero aproveitar ao máximo a luz do dia para cobrir boa parte do caminho.

Eu me levantei e só então me dei conta de que havia dormido com meus tênis nos pés — aquilo que já havia sido um par de All Stars brancos e agora estava coberto por uma crosta de lama. Fui me arrastando até a mesa e sentei para comer uma fatia de bolo (era a coisa mais doce que eu já havia comido em toda minha vida, mas isso não é uma coisa ruim para uma pessoa viciada em açúcar como eu) e um copo do café que o garoto havia preparado (torci para que Vincent nunca precisasse ganhar a vida como barista; o líquido preto tinha gosto de gato morto).

— Eu topo qualquer coisa desde que isso me ajude a voltar para casa — respondi. — Exceto, claro, tomar mais uma xícara do seu café. Isso, meu caro, é absurdamente impossível.

Vincent sorriu, uma coisa rápida e que desapareceu no mesmo instante. Ele tirou os cabelos dourados da frente do rosto e respondeu:

— Eu também não gosto do meu café — ele deu de ombros e colocou a mochila nas costas. — O gosto não fica dos melhores quando você precisa usar uma meia velha de coador.

Senti um gosto amargo no fundo da garganta e pensei seriamente em vomitar. Era impossível decifrar o rosto dele e descobrir se estava falando a verdade ou fazendo uma piada, logo rezei para que aquilo fosse uma piada ruim — ou melhor, eu *decidi* acreditar que aquilo era apenas uma piada. Porque se não fosse... bem, isso explicaria o gosto de morte e desastre que eu havia sentido anteriormente.

— Espero que seja uma piada — respondi. — Ou Herobrine vai ser a menor de todas as suas preocupações.

O garoto me olhou durante um instante e respondeu de forma grave:

— Acho melhor mudarmos de assunto, Bianca...

— Bia!

— Acho melhor mudarmos de assunto, Bia.

Ele pegou sua espada e me entregou uma feita de metal antes de sair. Pude ouvir seus passos nos degraus de pedra enquanto ele corria escada acima.

— Eu não vou me esquecer disso, okay? — gritei. — Assim que terminarmos de chutar o traseiro de um certo senhor do mal, nós vamos ter uma conversa muito importante.

Segui o garoto e alcançamos a luz do Sol, que já cobria todo o Mundo da Superfície. Alguns restos de monstros podiam ser vistos aqui e ali, ossos e fragmentos daqueles que haviam sido lentos ou estúpidos demais para encontrar um abrigo. O surgimento aleatório de monstros era uma das características mais conhecidas do jogo; monstros podiam aparecer do nada desde que houvesse um pouco de sombra, o que era um detalhe *legal* quando eu estava do outro lado do computador, mas que agora poderia muito bem ser a pior coisa do mundo para mim. Enquanto eu pensava nisso, uma dúvida se formou em minha cabeça. Fiquei lado a lado com Vincent naquele gigantesco chão de pedra.

— Tenho uma pergunta — falei. — O que acontece se eu morrer aqui? Digo, a gente simplesmente desova em algum canto?

Vincent parou de andar por um momento. Ele apoiou a ponta de sua espada no chão e ponderou um pouco antes de responder:

— Você morre, simples assim. Não existe desova pra gente, não somos *mobs* ou coisa do tipo. Infelizmente, temos apenas uma chance de fazer isso dar certo. Para as pessoas do nosso mundo você seria apenas uma garota que desapareceu e nunca foi encontrada.

Continuamos naquela planície, nenhuma árvore, nenhum ser vivo, apenas o chão quente e a paisagem desolada. Não havia nada em minha mente além do pensamento de que eu precisava sobreviver ao Mundo da Superfície, de qualquer forma. Fiquei em silêncio e continuei por aquele deserto de pedra, um passo após o outro e imaginando que cair dentro do meu jogo favorito não era a melhor coisa do mundo. Tentei me consolar pensando que pelo menos eu não estava dentro de Last of Us ou Warcraft (onde eu *definitivamente* já estaria morta), mas nem isso ajudou a aliviar o frio no estômago que senti naquele momento.

— Não se preocupe, Bia — disse Vincent. — Eu não vou deixar você morrer. Você vai voltar para sua casa e viver até os seus noventa anos.

Eu sorri e olhei para o alto.

— Espero que sim... — respondi. — Minha mãe ficaria uma fera se eu morresse antes de limpar o meu quarto.

Com um pouco mais de ânimo, continuei andando, meus pés naquele solo quente, em direção ao templo perdido.

CAPÍTULO 6
PERSEGUIÇÃO IMPLACÁVEL

Vincent e eu andamos por mais ou menos cinco horas, fazendo uma parada de vez em quando para descansar. O deserto de pedra era mais longo do que eu poderia imaginar, tomando vários e vários quilômetros de extensão. Se Herobrine sozinho havia feito aquilo no bioma onde nos encontrávamos, eu imaginava o que ele seria capaz de fazer com o resto do mundo.

Vincent ficava calado durante a maior parte do tempo; eu podia perceber que aquele era seu estado de espírito normal, com o menor número possível de palavras e a espada sempre em mãos. Aqui e ali havia uma árvore que não tinha sido derrubada, com troncos e copas quadradas que subiam alto. Era debaixo delas que fazíamos nossas pausas, tomávamos um pouco d'água e comíamos o pouco que dava para comer.

— Não podemos demorar muito mais por aqui — disse ele, olhando um mapa que tirou do bolso. — Ainda temos mais uma hora de caminhada antes de chegarmos no abrigo que eu tinha por aqui. Pelo menos eu acho que ele ainda deve existir.

Olhei para ele com uma expressão de desconcerto, incomodada por caminhar por horas debaixo do pior de todos os sóis.

— Então... Quer dizer que você não sabe se o seu esconderijo ainda existe? Que podemos estar no meio do nada quando a noite cair?

— Eu perdi algumas bases desde que Herobrine começou a destruir o Mundo da Superfície — ele respondeu sem tirar os olhos da estrada. — Ainda não consegui verificar todas, mas acredito que ele não tenha ido além deste ponto. Ele veio até aqui para matar os Steves, não para encontrar minha base.

— Como é que você pode ter tantas bases espalhadas? — indaguei. — Você deve estar aqui há muito tempo para ter construído tudo isso.

Vincent deu de ombros.

— De acordo com o mundo real, eu estou aqui há quase um mês — ele respondeu enquanto olhava o mapa pela milésima vez. — E, de acordo com o Mundo da Superfície, estou aqui há muitos anos. O tempo corre mais rápido aqui dentro, ninguém sabe explicar exatamente por quê.

Aquilo me fez imaginar o que havia acontecido com ele durante todo esse tempo. Será que ele não tinha uma família do outro lado? Por que alguém preferiria passar sua vida dentro de um mundo digital quando havia pessoas do outro lado da tela? Talvez isso fosse o motivo de ele ser tão calado na maior parte do tempo e do brilho estranho em seu olhar. Os olhos de alguém que havia passado tempo demais sozinho e que havia desaprendido a lidar com pessoas de verdade. Naquele momento, eu tive certeza de que era o primeiro ser humano que ele encontrava em muito tempo.

Eu ainda estava imersa em meus pensamentos quando Vincent tocou meu ombro com dois dedos e apontou para um ponto a oeste — se é que aquilo era mesmo o oeste.

— Temos companhia — disse ele. — E prepare-se para correr.

Olhei para o ponto mencionado por Vincent e compreendi imediatamente a que ele se referia. Uma onda verde rolava em nossa direção, sem descanso e cada vez maior. Eu conhecia um *creeper* de longe, mas vê-los assim, tão unidos e em uma massa tão gigantesca, era completamente horrível e assustador. Os *creepers* vinham com suas quatro pernas em passos longos, as cabeças em forma de caixote e o barulho característico que faziam: o som de um pavio sendo queimado.

Vincent olhou para mim com os olhos arregalados e gritou:

— Corra!

Não esperei nem um segundo para acatar a sugestão. Forcei todo o meu cansaço para longe e comecei a correr o mais rápido que podia, torcendo para que houvesse algum esconderijo perto dali, qualquer esconderijo. Eu podia ouvir mais de cinquenta deles correndo atrás de nós, sem diminuírem a velocidade ou se cansarem. Lembrei-me de como *creepers* eram os monstros que eu mais odiava no jogo, destruindo tudo o que um jogador construísse pelo simples prazer de causar uma explosão — e lá estavam, me provando certa em odiar cada um deles.

— Eles vão nos alcançar — falei.

— Não se continuarmos correndo — o garoto respondeu. — Continue a correr o mais rápido que puder, tem uma ponte a um quilômetro daqui. Tudo que precisamos fazer é atravessá-la, eles não podem cruzar todos ao mesmo tempo.

— Torça para o seu mapa estar certo...

Um quilômetro! Lamentei profundamente o fato de que eu era a pior aluna de Educação Física, lutando para dar uma volta ao redor da quadra. Agora, infelizmente, eu precisava percorrer mil metros num curto espaço de tempo para que dezenas de monstros verdes não explodissem e me levassem junto. Era como se cada segundo da minha vida tentasse validar a Lei de Murphy: se alguma coisa podia dar errado, pode ter certeza de que daria errado.

Dei uma última olhada para trás bem a tempo de ver uma enorme explosão, seguida de outra e outra. Um dos monstros havia detonado antes da hora, mas a reação em cadeia foi tão forte que senti um vento quente no rosto.

Pensei:

"Droga!"

NOÇÕES SOBRE O MUNDO DA SUPERFÍCIE

CREEPERS

Por Punk-Princess166

Creepers são *mobs* inconvenientes que aparecem no meio da noite e não morrem com a luz do Sol. Ficam perambulando pelas colinas, campinas, florestas, etc., sendo chatos até explodirem na sua cara.

Não são particularmente difíceis de matar. O guerreiro só precisa golpeá-los rapidamente algumas vezes, certificando-se de se afastar antes da fatídica explosão.

A existência desses monstros no Mundo da Superfície tem causado estrago em plantações, esculturas, casas, biomas e jardins. Deveriam ser considerados o inimigo número um do paisagismo.

Sempre que sair de seu esconderijo, lembre-se de espiar pelas janelas e prestar atenção ao seu redor, para evitar acidentes desagradáveis e perigosos.

A pólvora presente em seu corpo, que pode ser coletada quando o *creeper* morre, é útil em diversas receitas, principalmente na confecção de dinamites.

CAPÍTULO 7
CORRIDAS E EXPLOSÕES

Eu precisava correr o mais rápido possível e com a maior coragem possível — porque, bem, caso contrário a minha pessoa existiria em mil pedacinhos. Tudo o que eu precisava fazer era continuar correndo, mesmo que meu fôlego estivesse acabando, mesmo que minhas pernas doessem. Não havia a menor chance de desistir, mas eu não reclamaria se as coisas fossem mais fáceis.

— Continue correndo — falou o garoto. — Já estamos quase chegando...

— Não se preocupe — respondi. — Não tenho a menor intenção de ficar por aqui e ser explodida por *creepers*.

— Fico feliz em saber.

Olhei para trás e vi que a manada de *creepers* já havia encurtado a distância entre nós, e eu sabia que eles nunca se cansavam. Forcei minhas pernas a continuarem a correr.

Os contornos da ponte mencionada por Vincent já estavam aparecendo, riscos distantes que iam se tornando mais discerníveis. Eu não fazia a mínima ideia do que ele pretendia fazer quando atravessássemos a ponte, mas eu me agarrava a essa esperança com todas as forças. Lá estava meu fio de esperança, ligando um lado ao outro.

Era uma ponte de madeira e cordas (algumas já arrebentadas), balançando, muito velha e caindo aos pedaços, sem uma gota de segurança e desacompanhada de qualquer garantia de que não desabaria com o primeiro passo de qualquer um de nós.

— Você quer que eu atravesse aquilo? — perguntei.
— É mais certo aquilo nos matar do que algum *creeper* fazer o serviço.
— É nossa única chance, Bia...

Suspirei e continuei a correr. Eu podia sentir o chão tremendo por causa dos monstros, ouvir o barulho que faziam e sentir o cheiro deles que o vento empurrava — cheiro de coisas podres como esgotos e carnes estragadas.

— Alguém ainda usa essa ponte? — perguntei quando estávamos a poucos passos de distância. — Eu tenho uma ideia.

— Estou aberto para todas as ideias.

Coloquei o primeiro pé sobre aquilo, senti as cordas balançarem e me perguntei se aguentaria nossa travessia. No entanto, eu tinha uma ideia. Abaixo de nós (uns doze metros abaixo, para ser quase específica) ficava o largo sulco seco do que um dia havia sido um rio, separando um lado do outro — um corte longo e amplo na terra. Abri um sorriso e respondi:

— Vamos cortar a ponte! Dessa forma os *creepers* ficarão para trás e outros cairão lá embaixo. Não acho que vão querer nos perseguir então.

— O quê?!

Vincent fez uma expressão surpresa, mas foi logo substituída por uma de contentamento, como se o Natal tivesse chegado mais cedo. Ele agora sabia que tínhamos uma chance de escapar com vida daquela perseguição (vivos e inteiros!). Fiz um sinal para que ele usasse sua espada em um lado da ponte e eu usaria em outro.

— Você acha que isso vai funcionar? — perguntou Vincent.

— Espero que sim, porque se não funcionar... Aí, te vejo do outro lado da vida.

Tentei cruzar a ponte o mais rápido possível, mas aquela era uma construção antiga, com madeira podre em diversas partes, nos obrigando a sempre olhar para o chão e pisar com cuidado. Um passo de cada vez, calculado e bem medido, ainda que o primeiro *creeper* já estivesse subindo na ponte, o primeiro de seus quatro pés ganhando espaço. Outras explosões podiam ser escutadas, um sinal de que os monstros estavam ansiosos para o ataque contra as duas únicas presas à vista.

— Espero que nenhum deles exploda a ponte — falei.

— Também espero que não — Vincent respondeu.

— Embora eu acredite que não sejam espertos assim. Essa é a melhor coisa sobre *creepers*, eles são burros.

— Você fala como se já tivesse muita experiência com eles.

— Já tive mais experiências do que eu gostaria.

Comecei a andar ainda mais depressa, largando toda a precaução de lado e torcendo para não pisar em algum buraco. Era difícil ter que usar uma mão para me apoiar nas cordas e carregar a espada na outra. Eu já estava quase do outro lado da ponte e podia ver uma torre ao longe, provavelmente do templo que buscávamos. Uma torre que se erguia contra o mesmo céu que dava indícios da proximidade da noite.

— Você corta o lado esquerdo — falei enquanto corria para a direita. — Espero que isso funcione.

Unindo determinação e vontade de não morrer, começamos a dar golpes contra as cordas, que só então notei serem feitas de teias de aranha. Um golpe atrás do outro. Os *creepers* já cruzavam a ponte em fila, o primeiro deles me olhando fixamente.

Mais um golpe e alguns fios arrebentados.

Olhei novamente para o líder *creeper*, aquele que continuava a perseguição ferozmente, e vi que ele estava poucos metros adiante.

Quatro metros?

Três metros?

O cheiro de carne podre invadia minhas narinas, mas eu não podia deixar de trabalhar, dando mais e mais golpes, cada vez mais fortes. Eu já estava quase lá, apenas mais algumas espadadas resolveriam aquilo; meros movimentos de braço separavam minha vida da minha morte.

— Corte isso mais depressa! — gritou Vincent.

— Não sei se você percebeu, mas estou tentando — respondi. — Estou tentando, cabeça de bacalhau.

Continuei a desferir golpes.

Um golpe.

Dois golpes.

Três golpes.

Escutei o barulho de um pavio queimando, sinal de que um *creeper* estava prestes a explodir...

Levantei a espada o mais alto que pude. Meu coração batia acelerado e com força — pancadas contra o meu peito. Eu podia sentir todo o medo do mundo correndo pelas minhas veias, pulsando com força enquanto os *creepers* se aproximavam. Então, fechei os olhos e desci a lâmina pelo que seria a última vez.

Senti o calor da explosão contra o meu rosto, o cheiro de cabelo queimado e torci para que existisse vida após a morte...

CAPÍTULO 8
A PONTE DO RIO CAI

A explosão foi forte e me derrubou no chão. Houve um brilho gigantesco e um calor insuportável. Contudo, minha estratégia havia dado certo, e a ponte foi cortada no último minuto, jogando vários *creepers* para o fundo do buraco (ainda que o primeiro deles houvesse tentado nos explodir, mas ele já estava em queda livre e isso só serviu para chamuscar meu rosto e meu cabelo). Quando Vincent terminou o lado dele, não havia a menor possibilidade de alguém atravessar aquela imensidão sem dar uma volta de centenas de quilômetros, por isso respirei aliviada.

Os *creepers* não eram as criaturas mais espertas do mundo, e continuaram a avançar, aparentemente sem dar falta da ponte. Caíam todos no sulco do antigo rio, explodindo logo em seguida, aumentando ainda mais a fossa e causando deslizamentos de terra e a morte de outros monstros — não que eu me importasse com esta última consequência da lista.

— Acho que conseguimos — falei. — Nossa, eu nem consigo *sentir* as minhas pernas. Acho que paguei toda minha dívida com as aulas de educação física aqui.

Vincent se curvou, apoiando as mãos nos joelhos.

— Somos dois — respondeu ele. — E ainda não terminamos. Já vai anoitecer e monstros podem começar a desovar por aqui.

— Para o templo?

— Para o templo.

Olhei para o templo lá na frente, com suas torres e teto abobadado. Embora tudo estivesse em ruínas, eu podia dizer que o lugar já havia sido bonito. Imaginei o quanto daquilo era ação do tempo e o quanto era culpa de Herobrine e seus exércitos.

— Minha última esperança de derrotar Herobrine está aqui — disse Vincent. — Uma Sacerdotisa muito poderosa vivia aqui, a única pessoa que sabia das lendas e profecias que existiam sobre Herobrine. Espero que ela tenha deixado alguma coisa para trás.

Começamos a andar a passos lentos, uma vez que nenhum de nós conseguia se locomover em alta velocidade depois do tanto que havíamos corrido.

— E se não encontrarmos nada?

— Passamos para o próximo plano da lista: tentamos reunir pessoas e lutar contra Herobrine — disse ele, embora sua voz fosse uma indicação de que não acreditava nessa possibilidade. — Um exército contra o outro.

— Espero que a gente não precise disso — falei. — Eu só quero voltar para casa e *nunca mais* jogar Minecraft. Depois de tudo que estou passando aqui, juro solenemente só jogar League of Legends e Dota.

Vincent riu.

— Ninguém joga Dota.

— Eu jogo — retruquei, com uma falsa expressão de ofendida. — E ainda jogo Ragnarök, sou *old school*.

Já estávamos bem perto do templo e eu podia avaliá-lo melhor: paredes desabadas, marcas de incêndio e grandes buracos causados por explosões de *creepers*; contudo, o básico da arquitetura ainda era imponente e me deixou admirada com o tamanho de tudo aquilo. Num canto havia uma placa caída, letras garrafais que diziam:

Templo da Sacerdotisa: leio sua sorte, trago marido e esposa de volta em 3 dias.
Descontos promocionais: a cada 10 consultas, a próxima é grátis.

Dei um leve sorriso ao ler aquilo; alguém devia ter senso de humor. Em anos passados aquilo deve ter reunido milhares de pessoas em seu interior e deslumbrado visitantes, mas ali estava, tudo caído e destruído.

Vincent fez um sinal para que entrássemos, e eu fui na frente, subindo os degraus que levavam até as enormes portas duplas feitas de ouro. O som de nossos passos ecoava alto, mais parecendo bolas de ferro batendo no chão. Tudo estava silencioso e quieto, o que tornava nossos barulhos mais altos e mais assustadores naquele início de noite.

— Fique atenta — murmurou Vincent.

— Estou sempre atenta.

Coloquei minha espada em riste e observei o garoto fazer o mesmo. Estávamos prontos para revidar caso alguma criatura surgisse em nosso caminho. Aquele momento em que o Sol começava a desaparecer era o pior de todos, pois nunca sabíamos onde o perigo poderia surgir. Resolvemos virar à esquerda em um dos corredores.

— Acho que estamos sozinhos aqui... — comentei. — Podemos encontrar algum canto e fazer um acampamento, só precisamos acender tochas; monstros não aparecem onde há luz.

— Acho que é uma boa ideia... Não é como se fôssemos encontrar algo no meio da noite.

E lá estava a Lei de Murphy mais uma vez, provando que o universo sempre conspira para que tudo dê errado. No momento em que virei no corredor, distraída por um segundo e com a espada abaixada, esbarrei em alguma coisa... Alguma coisa gosmenta e com cheiro de pólvora e carne podre...

Alguma coisa que fazia o som de um pavio sendo queimado.

CAPÍTULO 9
PERSEGUIÇÃO NA NOITE ESCURA

"Pelo amor de Notch!" Esse foi o meu primeiro pensamento quando ergui os olhos e vi o *creeper* bem na minha frente. Ele ficou parado quando me viu, apenas o barulho de pavio queimando se fazendo ouvir, e imaginei que estivesse se preparando para explodir. Minhas pernas não se moveram, paralisadas de medo, incapazes de aproveitar aqueles segundos para correr para longe dali. Levantei os braços para proteger o rosto da explosão, mas... Nada aconteceu.

— O que...? — deixei minha frase inacabada.

O *creeper* simplesmente se virou e saiu correndo para a direção contrária, o barulho de pavio cada vez mais alto, e as quatro pernas batendo no chão.

— Ele deve estar indo procurar reforços — disse Vincent. — Não podemos deixar que faça isso, precisamos matá-lo.

Matar um *creeper* não era a coisa mais fácil do mundo nem mesmo quando se jogava no computador.

Era necessário se aproximar, dar um golpe e fugir antes da explosão inevitável. Contudo, Vincent estava certo: se aquele *creeper* chamasse um bando como aquele que nos perseguiu no deserto de pedra, tudo estaria perdido para nós — estávamos cansados demais para correr e sem equipamentos para lidar com aquilo.

— Okay — respondi, e comecei a correr. Ainda estava com medo, mas meu instinto de sobrevivência falava mais alto.

Fomos atrás do *creeper* da forma como podíamos, ainda que o cansaço, a fome e a sede transformassem qualquer passo em uma grande odisseia. Seguimos o som das patas da criatura, que fazia zigue-zagues e cortava atalhos pelos corredores como se já conhecesse o lugar como a palma da mão. Segurei a espada firmemente nas mãos e fui atrás do *creeper*, o suor escorrendo pelo meu rosto e cada junta dolorida.

— Ele vai entrar naquele túnel! — gritou Vincent.

Olhei na direção apontada e vi um buraco no canto direito de um corredor — uma entrada escura na qual o *creeper* entrou sem cerimônias e sumiu. Seus amigos deviam estar no fim daquilo, em algum ponto mais ao fundo.

— Acho que devemos voltar — falei. — Ele já está muito longe, não vamos conseguir alcançá-lo. Precisamos sair desse templo antes que a horda volte.

O garoto balançou a cabeça negativamente e começou a correr com mais intensidade, forçando todos os seus limites.

— Eu não cheguei até aqui para desistir — foi a resposta dele. — Eu tenho certeza de que as respostas estão neste templo. Elas *têm* que estar aqui.

Ele entrou no buraco e eu fui logo em seguida. Era uma longa descida por cima de escombros e blocos de pedras, amontoados de itens quebrados, restos de roupas e muitos pedregulhos. Saltamos tudo aquilo com pressa e adicionei um corte ou outro à minha coleção. Não falamos nada, simplesmente fomos seguindo por aquele longo túnel escuro, esperando que a qualquer momento uma manada de monstros surgisse do nada e nos matasse.

— Eu posso ouvi-lo — disse Vincent. — Estamos quase o alcançando, mantenha o ritmo, por favor... E fique pronta para o combate.

Respirei fundo e continuei. Um ponto adiante estava mais iluminado, e, para a minha surpresa, uma tocha na parede mostrava uma porta vermelha no fim do corredor; era a única fonte de luz que havíamos visto desde que tínhamos entrado naquele lugar. Também vimos o *creeper* abrindo a porta e entrando, um segundo antes de Vincent se aproximar e quase acertá-lo com um golpe.

— Espere por mim! — gritei. — Não entre aí!

O garoto não me obedeceu, apenas correu porta adentro com sua espada e uma expressão de raiva.

A única coisa que ouvi depois foi um grito de dor...

E não era do *creeper*.

CAPÍTULO 10
O SR. ALFACE & SEUS AMIGOS

Não esperei nem um segundo: avancei por aquela porta com a espada erguida e gritando, pronta para atacar o *creeper* com todas as minhas forças. Vincent era minha única companhia naquele mundo e eu não deixaria que um monstro verde idiota acabasse com isso.

No instante em que entrei pela porta, fui empurrada e caí de cara no chão, a espada jogada para longe do meu alcance. Aquele era o fim, eu estava morta... e estava tão cansada de tudo que nem me importava tanto assim.

— Tudo bem, *creeper* — falei. — Pode explodir, faça o seu trabalho.

A resposta para minha frase veio logo em seguida, mas não da forma como eu esperava. Enquanto eu aguardava uma explosão e calor, fui recebida por uma voz feminina e calma que simplesmente disse:

— E por que ele faria isso? O Sr. Alface é um pouco mais inteligente do que isso, minha cara. O melhor mordomo do Mundo da Superfície.

Levantei a cabeça para me ver cercada de pessoas quadradas, *mobs* de todos os tipos, alguns Steves, aldeões, uma vaca e, bem na minha frente, uma *mob* de vestido branco comprido e cabelos dourados. Do outro lado, sentado no chão, estava Vincent, tendo os punhos amarrados por um velho de roupas pretas com barba longa e grisalha que não tinha cara de muitos amigos.

— Quem é você? — perguntei enquanto tentava me levantar.

A mulher estendeu uma mão para me ajudar.

— Meu nome é Alex — ela respondeu. — Sou a Sacerdotisa deste templo. Fui eu quem reuni as pessoas da vila aqui, e juntos construímos essa cidade subterrânea para escapar de Herobrine.

Olhei para todos ao nosso redor, os vários olhares sobre a minha pessoa e em meu companheiro de viagem. Devia haver cerca de quarenta pessoas ali, várias tendas que serviam de casas e inúmeros túneis bem-iluminados. O *creeper* que havíamos seguido estava do lado da Sacerdotisa e me olhava atentamente.

— Todos se assustam quando encontram o Sr. Alface pela primeira vez — disse a mulher. — *Creepers* têm má fama por esta região. A mesma coisa aconteceu com os Usuários que vieram antes de você, quase morreram de susto.

— O que aconteceram com eles?

Não foi Alex quem respondeu, mas o velho vestido de preto (alguma espécie de roupa ninja). Ele apoiava a mão sobre a espada em sua cintura e tinha o rosto firme.

— Seu amigo não te contou o que aconteceu com os Usuários? — perguntou o velho. — Ele não te contou o que ele fez? Como Noobie Saibot e Punk-Princess166 foram mandados para fora deste mundo por causa dele?

— Não acredite nele, Bia! — gritou Vincent. — Ele é só um velho que não sabe de nada, não acredite nele!

O velho deu um tapa no rosto do garoto e veio andando em minha direção. Uma onda de burburinho pairou pelo lugar, conversas abafadas e alguns xingamentos. Alguma coisa estava acontecendo ali e eu não tinha a menor ideia do que era. Tentei caminhar até o garoto, mas fui impedida por dois aldeões carrancudos com narizes enormes. Eles entraram na minha frente enquanto o velho caminhava até o centro da roda que havia se formado em nosso entorno.

— Senhoras e senhores, meninos e meninas — disse ele. — Eu tenho o prazer, ou melhor, a tristeza de apresentar, o culpado por tudo. Aquele que tentou nos escravizar em seu castelo na Cidade 01 e que depois libertou Herobrine. Aqui está o inimigo do Mundo da Superfície... O Rei Vermelho!

Meus olhos se voltaram imediatamente para Vincent, incapaz de acreditar no que o velho havia acabado de falar. Eu não podia acreditar que o garoto que havia me salvado de um *enderman* e fugido de *creepers* comigo era o maior *griefer* do mundo, uma pessoa que destruía o jogo das outras pessoas por prazer — inclusive uma das minhas construções, uma casa que eu havia gasto meses para fazer, apenas para ligar meu computador e descobrir que um certo Rei Vermelho havia destruído tudo.

— Bia! — gritou o garoto. — Você tem que me deixar explicar. Por favor, você precisa me ouvir, as coisas mudaram...

Eu não escutei mais nada, estava ocupada demais sentindo raiva da pessoa culpada por tudo aquilo, da pessoa que havia soltado Herobrine no mundo.

NOÇÕES SOBRE O MUNDO DA SUPERFÍCIE

GRIEFERS

Por Punk-Princess166

Griefers são aquelas pessoas detestáveis que não devem nem saber arrumar o quarto direito e que gostam de destruir as construções e os biomas dos outros.

Nunca é bom ter uma dessas pessoas por perto. Podem acabar com horas ou dias de um trabalho benfeito, destruírem mundos inteiros e acabar com cenários.

Griefers se esforçam ao máximo apenas para serem odiados, como se a alcunha "desagradável" fosse algo maravilhoso pelo qual ser conhecido.

Além da destruição física, os griefers também podem ser bullies, irritando, xingando ou ofendendo os outros, multiplicando assim o nível de chatice.

Não alimente o troll.

Nunca deixe um *griefer* escapar.

CAPÍTULO 11
O REI VERMELHO

Olhei para o garoto, ainda custando a acreditar que a pessoa que havia me acompanhado durante tanto tempo era a pior pessoa em *todo* o Mundo da Superfície. Com bilhões de pessoas no mundo real, lá estava eu, atrelada ao inimigo público número um.

O velho se aproximou de mim e colocou uma mão sobre o meu ombro.

— Vejo que você também foi enganada — disse ele. — Todos do Mundo da Superfície sabem como esse verme é perigoso. Meu nome é Hattori Hanzō, sou o último samurai e lutei ao lado de seus predecessores, heróis que realmente lutaram contra Herobrine.

Vincent tentou se levantar, mas foi dissuadido por uma pancada nas costas; os aldeões não deixariam nenhuma brecha para surpresas.

— Vocês têm que me ouvir! — falou o garoto. — As coisas mudaram, eu estou tentando derrotar Herobrine. Eu não sou a mesma pessoa de antes.

— Lutar contra Herobrine? — foi a resposta do samurai. — Você *libertou* o fantasma do Nether. Você e sua ganância o soltaram da prisão, permitindo que tudo fosse destruído — fez então um sinal para os aldeões que começaram a arrastar o garoto para longe dali.

Permaneci estacionada no mesmo lugar, sem nenhuma palavra para dizer e sem nenhuma ação para tomar. Eu havia andado com Vincent durante todo aquele tempo, e caso não houvesse me encontrado com aquelas pessoas, ele ainda seria meu primeiro amigo naquele mundo e a pessoa que me ajudou contra um *enderman* e correu de *creepers* ao meu lado. Saber que ele era o Rei Vermelho me chocava, mas eu desejava acreditar que as pessoas mudam. Que sempre havia uma chance de consertar os erros feitos no passado.

— Venha comigo, Bia — disse Alex, a Sacerdotisa. — Eu e Hattori temos muito que conversar com você. Você é uma Usuária, pode ser uma chance em nossa luta contra Herobrine.

Não respondi nada, simplesmente continuei andando ao lado deles, sentido um pequeno vazio, como se eu houvesse acabado de trair Vincent. Fui obrigada imaginar se aquelas pessoas estariam mentindo, e como eu poderia acreditar mais em um bando de pessoas pixeladas e quadradas em vez de alguém como eu, que passou por tantos desastres ao meu lado.

Fomos andando por aquela longa caverna, vários olhares sobre cada passo que eu dava, todos atentos e curiosos. Eles haviam construído um ótimo esconderijo ali, com tendas, túneis e entradas secretas. Eu podia ouvir o som de água correndo, o que significava que havia um rio por ali e que não precisavam sair do submundo nem mesmo para abastecer. Alex, seu mordomo *creeper* e o samurai iam na minha frente, caminhando em direção a uma tenda enorme e vermelha isolada num canto. Muita fumaça escura saía de uma abertura no teto.

— Acho que ela está criando alguma coisa — comentou Alex.

Hattori Hanzō sorriu antes de responder.

— Ela sempre está criando alguma coisa. Acho que ela ainda não superou a perda daquele balão, acredito que vai ficar bem contente quando descobrir quem nós temos numa cela.

Eu permaneci em silêncio. Não sentia a menor vontade de falar, e o único desejo dentro de mim era voltar para casa o mais rápido possível — sentia falta da minha mãe, do meu pai e até mesmo da gata idiota que cuspia bolas de pelo na minha cama. Sentia falta de tudo, tudo que não fosse um mundo de blocos e pixels.

— Ei, Amélia! — gritou o samurai. — Você tem visitas.

Passei a mão no rosto para afastar as lágrimas que começavam a marejar e me obriguei a ser forte. Estávamos entrando na tenda vermelha. Era difícil enxergar qualquer coisa ali dentro — tudo estava coberto de fumaça, peças e ferramentas espalhadas por todos os cantos, pratos de comida que deveriam ter sido limpos e manchas de graxa por todo lado.

Ouvi o som de coisas sendo derrubadas e alguns xingamentos enquanto uma figura emergia da fumaça. Era uma moça de pele escura como a minha e usava um colete de couro e óculos de aviador. Ela tinha fuligem e óleo em todo seu corpo e carregava uma chave inglesa na mão direita.

— Punk-Princess166? É você? — perguntou, mas assim que sua visão se tornou mais clara houve um tom de desapontamento na voz. — Ah, pensei que fosse uma conhecida.

Alex deu um passo à frente e sorriu.

— Nós ainda os veremos outra vez, Amélia — disse a Sacerdotisa. — Contudo, agora temos uma nova chance de lutar contra o nosso inimigo. Uma nova Usuária está aqui e pode ser nossa última esperança.

Eu imaginei como seriam meus predecessores. Seriam eles tão bons assim para que todo mundo falasse deles com tanto respeito? Imaginei se eram pessoas superdotadas ou gênios de algum tipo — seriam como meus vizinhos Arthur e Mallu ou algum tipo de Einstein? Se nem eles haviam conseguido lutar contra Herobrine, que chance teria eu, uma menina absurdamente normal e sem graça de um canto sem graça do mundo?

— E você não contou a melhor parte, Alex — falou Hattori Hanzō. — Temos um prisioneiro valioso na prisão. Finalmente pegamos o Rei Vermelho.

Os olhos da mulher se iluminaram, como se mil lâmpadas fossem acessas dentro de sua cabeça. Ela então bateu com a chave inglesa na palma da outra mão e disse:

— Me leve até o idiota, já passou da hora de ele pagar pelo balão que destruiu.

Alex sorriu. — Você vai ter tempo para isso, mas precisamos conversar de um assunto mais urgente — ela respondeu. — Precisamos falar sobre como impedir Herobrine de encontrar o Dragão do Ender.

NOÇÕES SOBRE O MUNDO DA SUPERFÍCIE

O ENDER

Por Punk-Princess166

Existem lendas sobre um lugar além do Nether e do Mundo da Superfície. É lá que vive o Dragão do Ender. Esse lugar se chama Fim. É o término de tudo que existe, onde nada se cria. Dizem que é um vácuo, e dizem que é de lá que surgem os *endermen*.

A única coisa que espero é que esse lugar não exista, porque se ele existir, significa que o dragão também é real...

E se o dragão for de verdade...

Espero que tenha preparado o seu funeral.

CAPÍTULO 12
O DRAGÃO DO ENDER

Houve um longo silêncio entre o grupo. Hattori olhava para a Sacerdotisa com preocupação, Amélia parecia ter levado um soco no estômago, e eu simplesmente continuava a olhar para eles sem entender nada — o que havia virado uma rotina desde que coloquei os pés naquele lugar.

— Como você pode saber disso? — perguntou Amélia. — O Dragão do Ender é apenas uma lenda.

A Sacerdotisa balançou a cabeça de um lado para o outro.

— Eu tive uma visão — disse ela. — Enxerguei Herobrine como se estivesse do meu lado. Ele conversava com um velho numa biblioteca, exigindo saber como libertar o Dragão do Ender. O bibliotecário se recusou a falar e foi morto.

Houve um momento de silêncio entre os presentes. Todos pareciam ligeiramente assustados com o que haviam acabado de ouvir.

— Você tem certeza de que isso é verdade? — questionou Hattori Hanzō. — Você mesma já disse que nem sempre suas visões se confirmam.

A Sacerdotisa sacudiu a cabeça numa negativa veemente.

— Eu tenho certeza do que vi — ela respondeu. — Não era uma visão premonitória, mas de algo que estava acontecendo.

— O que vamos fazer agora? — perguntei. — Se Herobrine realmente libertar essa coisa, é certo que estamos completamente perdidos. Poderíamos ao menos perguntar a Vincent o que ele sabe sobre isso. Eu andei com ele, Vincent está realmente empenhado em lutar contra Herobrine.

Hattori Hanzō riu.

— É claro que ele está — a risada do samurai ressoou por toda a tenda. — O Rei Vermelho libertou Herobrine esperando controlá-lo para conquistar o Mundo da Superfície, mas acabou levando uma surra. Não duvido que ele esteja ansioso para se vingar. Contudo, eu não me esqueço de quem ele é e do que ele fez a esse mundo.

Dei um passo adiante. Era impossível negar que o garoto havia tomado atitudes questionáveis, mas estávamos no meio de uma guerra e precisávamos fazer tudo que fosse possível para lidar com o nosso inimigo. Nenhum preço era alto demais para salvar dois mundos.

— Vincent era um *griefer*, sei muito bem disso — falei. — Pelo amor de Deus, ele destruiu uma construção que demorei meses para criar. Mas agora a situação é diferente. Se Herobrine conseguir chegar ao limite entre o mundo real e o Mundo da Superfície, os dois lados serão destruídos.

Vocês não precisam se tornar amigos de Vincent, mas não é como se estivessem na condição de recusar amizades a essa altura do campeonato.

Ninguém me respondeu, os *mobs* apenas se encararam com as cabeças baixas. Eu não poderia fingir que sabia o que eles haviam passado, o que haviam perdido — eu mesma nem imaginava que pudesse existir vida inteligente dentro do meu computador —, mas eu sabia o que acontecia quando as pessoas eram incapazes de trabalhar em conjunto e deixar problemas de lado: todos perdiam, todos morriam.

Por fim, depois de quase um minuto inteiro, Alex colocou a mão sobre meu ombro e, num tom calmo, falou:

— A Usuária tem razão, precisamos de toda a ajuda que pudermos, mesmo que isso signifique lidar com antigos inimigos.

Amélia soergueu os ombros.

— Eu não me importo em conversar com ele — disse a mercenária. — Desde que eu possa dar um soco na cara dele quando isso terminar. Qualquer coisa que tire Herobrine do nosso mundo já é melhor do que nada.

— Não sou totalmente a favor da ideia — disse o samurai. — No entanto, eu sei reconhecer quando as táticas de guerra precisam ser colocadas acima de nossas opiniões pessoais.

Eu sorri e concordei com a cabeça; independentemente do que Vincent havia feito anteriormente, eu queria acreditar que as pessoas mudam e que ele realmente estava lutando ao nosso lado contra Herobrine. Se eu não acreditasse que as pessoas poderiam mudar, era melhor que todos os mundos fossem destruídos.

— Confiem em mim — falei. — Ele mudou e está do nosso lado agora. Só precisamos conversar com ele e pedir ajuda.

Hattori Hanzō cruzou os braços e respondeu:

— O Rei Vermelho já se provou uma pessoa sem honra e coragem, isso não pode ser mudado. Contudo, eu confio na sua palavra, assim como acreditei em seus antecessores. Por isso, faremos como você acredita ser melhor, Usuária.

O samurai não esboçou nenhum sentimento, apenas se virou e saiu da tenda com passos ligeiros. Eu havia vencido aquela negociação, mas havia um gosto ruim na minha boca, como se tivesse mordido um limão com casca e tudo. Fiquei ali sozinha enquanto o resto do grupo saía e deixei que todo o cansaço dos últimos dias pesasse sobre mim de uma vez.

CAPÍTULO 13
NEGOCIAÇÕES NA TENDA

Hattori, Amélia e Alex já estavam no meio do caminho quando eu os alcancei, caminhando pelo acampamento e indo em direção ao local onde Vincent estava sendo mantido como "convidado". Torci para que tudo funcionasse e para que pudéssemos trabalhar em conjunto, pois eu sabia que o garoto não era a pessoa mais benquista daquela região e temia que alguém tomasse algum tipo de atitude violenta (ou ao menos era isso que eu sentia ao ver a forma como os refugiados encaravam a mim, a Usuária que acompanhava o mesmíssimo Rei Vermelho que havia destruído suas casas e suas vidas).

— O Rei Vermelho está naquela tenda — disse Alex, apontando para uma coisa amarela e guardada por quatro guardas. — Precisamos tomar certas atitudes para proteger tanto os cidadãos quanto o prisioneiro, por isso temos guardas e ele foi mantido isolado.

Assenti com a cabeça; eu já imaginava que algo assim seria possível e que todas as precauções seriam tomadas para que o prisioneiro mais valioso não escapasse por aí. No meio do caminho fomos interpelados pelo Sr. Alface, que trouxe uma fatia de bolo e uma xícara de chá quente. Eu estava com tanta fome que peguei sem cerimônias e continuei a andar.

Entramos na tenda logo depois de Amélia e Hattori Hanzō. O espaço era bem escuro, com exceção de uma única tocha que havia sido deixada ali para evitar que algum monstro desovasse. O lugar estava quente e abafado, me fazendo suar quase que imediatamente, uma gota escorrendo pela minha nuca.

— Olá, Rei Vermelho — disse o samurai. — Temos algumas perguntas para fazer e espero que possa respondê-las.

O garoto estava sentado no chão com os braços para trás, amarrado num mastro de madeira. Os cabelos caíam-lhe sobre o rosto e ele estava sem qualquer armadura, arma ou proteção. Ao ouvir as palavras do velho, ele riu e levantou os olhos para nós.

— Acho que você não sabe, mas deixei de ser o Rei Vermelho há algum tempo — disse ele. — Pode me chamar de Vincent.

O samurai não se deixou abalar.

— Não temos tempo para gracinhas — sua voz era grave e séria. — Em minha opinião, você deveria ter sido executado, mas a Usuária intercedeu por você e disse que possui informações.

Vincent olhou para mim e pude perceber que havia um pouco de raiva ali, talvez por tê-lo abandonado ou por não ter sido presa com ele. Forcei um sorriso e tentei manter a voz firme ao falar — uma missão difícil e fadada ao fracasso desde a primeira sílaba.

— Ei, cara — minha tentativa de soar casual pareceu atravessar a fina linha do desespero. — Eu disse que você era legal, que as coisas mudaram. Eles precisam de sua ajuda, *eu* preciso da sua ajuda.

Uma risada alta preencheu o espaço.

— Eles precisam da minha ajuda? — indagou o garoto.

— Uma pena, Bia. Tenho certeza de que algemaram a única pessoa que poderia ajudar.

Amélia deu um passo adiante e bateu palmas como se estivesse no fim de uma peça de teatro, depois olhou para o garoto à sua frente da forma mais dissimulada possível e sorriu.

— Uau, belo show de interpretação, moleque. Você sabe que *precisamos* fazer isso — disse Amélia. — Ou você achava que poderia entrar aqui e todos te receberiam de braços abertos? Foi *você* quem libertou Herobrine, tentou escravizar todo mundo que está aqui e roubou todas as pedras vermelhas para construir sua Cidade 01. Pelo visto você continua mimado como sempre.

Vincent abaixou a cabeça em silêncio, engolindo em seco antes de fornecer uma resposta. Uma resposta que veio lentamente e engasgada, como se ele estivesse se segurando para não chorar.

— Eu sei de *tudo* que fiz de errado, cada detalhe — disse ele. — As coisas mudaram, *eu* mudei. Não sou inocente e não posso mudar o que aconteceu no passado, mas posso fazer algo agora e pagar pelos meus pecados. Vá em frente, me execute, mas eu sou a única pessoa que pode ajudá-los a derrotar Herobrine.

Permaneci em silêncio; não havia nada que pudesse falar. Eu não sabia se poderia acreditar completamente em Vincent outra vez, mas eu o havia visto se esforçando para mudar as coisas. Minha mãe sempre me dizia que as pessoas precisavam ser perdoadas e que todo mundo merecia uma chance de acertar as coisas. E eu acreditava nisso, acreditava que ninguém era obrigado a ser punido eternamente por algo do passado. Então, reunindo um pouco de coragem, falei:

— Eu acredito em você, Vincent. Acho que não dá pra não acreditar numa besta completa que nem você.

— Pena que isso não solte as algemas — respondeu o garoto. — Mas obrigado pelo apoio moral, melhor do que nada.

Alex deu um passo adiante. A Sacerdotisa caminhava sempre lentamente, com seu vestido arrastando pelo chão e suas formas quadradas cortando o espaço existente entre ela e o prisioneiro. Ela se ajoelhou na frente dele e o encarou nos olhos.

— O destino do Mundo da Superfície e do seu mundo está em suas mãos — disse ela. — Você pode se unir a nós e nos ajudar, ou morrer quando o inimigo atacar. Se você *realmente* quiser mostrar que mudou, nos conte tudo o que precisamos saber sobre Herobrine.

Vincent deu de ombros.

— O que você quer saber? — perguntou ele. — Como ele planeja libertar o Dragão do Ender e cavalgá-lo em sua travessia de um mundo para o outro enquanto cospe fogo sobre este e outros lugares? É, pode ser que eu saiba disso. Também pode ser que eu saiba onde está o bibliotecário que guardou a profecia sobre Herobrine e que sabe interpretá-la.

Hattori Hanzō balançou a cabeça, transparecendo a insatisfação que sentia em seu rosto velho.

— Já sabemos sobre o Dragão do Ender — disse o samurai. — Também sabemos sobre o bibliotecário... Que está morto, Herobrine acabou com ele.

Vincent sorriu.

— Imaginei que estivesse — disse ele. Pensei ter ouvido uma ponta de orgulho naquelas palavras. — Eu suspeitei que algo assim pudesse acontecer, foi por isso que enviei o verdadeiro bibliotecário para um lugar remoto e deixei que outra pessoa assumisse seu lugar no Templo do Sul. Foi por um motivo que eu consegui me tornar o Rei Vermelho: por ser esperto.

Houve uma risada por parte da mercenária ao meu lado.

— Uma pena que não conseguiu prever que Herobrine ia chutar o seu traseiro — comentou Amélia. — E destruir tudo o que você havia conquistado. Não que eu ache ruim a parte em que ele chutou seu traseiro.

O garoto olhou para Alex.

— Você quer realmente saber minhas informações? — falou. — Tudo bem, mas é melhor puxar uma cadeira, porque tenho muita coisa pra falar.

CAPÍTULO 14
AS DÚVIDAS

Saímos todos da tenda prisional (com a óbvia exceção de Vincent). Ficamos reunidos na tenda de Alex, a mais espaçosa de todas e repleta de almofadas, estátuas e pergaminhos espalhados. Eu me joguei sobre uma das almofadas e fiquei esperando enquanto os outros se acomodavam.

As palavras do garoto ainda zumbiam em minha cabeça: tudo o que ele havia nos contado, desde o lugar onde o bibliotecário estava escondido até a forma que seria usada para libertar o Dragão do Ender. Vincent revelou que sabia sobre o Dragão Ender justamente porque ele mesmo já havia pensado em domá-lo quando ainda era o Rei Vermelho. Fui obrigada a constatar o quanto Vincent havia mudado desde então, mas ainda sentia um calafrio na espinha ao pensar naquele assunto.

— Não podemos acreditar nele — disse Hattori Hanzō. — Pode ser apenas uma armadilha para nos matar.

— Eu não acho que seja — respondi. — Ele me salvou várias vezes desde que cheguei, não acho que esteja em seus planos me machucar. Eu realmente acredito que Vincent tenha mudado. Ele poderia ter atacado vocês antes, poderia ter tentado fazer alguma coisa.

Amélia se levantou e andou de um lado para o outro.

— Pode ser que ele *realmente* queira nos ajudar a derrotar Herobrine — disse ela. — Mas quem pode garantir que isso não é apenas um plano para que seu maior oponente seja derrotado e ele volte para o trono na Cidade 01?

Cocei a cabeça. Sim, aquilo era uma possibilidade, mas eu preferia acreditar que não. Se Vincent quisesse mesmo voltar ao trono, ele teria criado um exército ao seu redor, unindo criaturas e partindo para um grande confronto cheio de mortes, mas ele havia preferido fazer tudo sozinho, investigando por si próprio e morando em bases escondidas — como se quisesse passar despercebido, uma atitude que não condizia com o Rei Vermelho de antigamente.

— Eu posso ter uma solução para isso — falei de repente. — Uma garantia de que Vincent não vai voltar para o trono quando tudo isso acabar... E se estivermos vivos até lá.

Todos os olhos se voltaram para mim, principalmente os do samurai, que parecia incapaz de enxergar uma saída que não envolvesse Vincent num canto escuro com zumbis ou preso numa gaiola.

— Vá em frente, garota, me surpreenda — disse Amélia. — Acho difícil não concordar com o velhote, mas tente a sua sorte.

Cruzei as pernas e comecei a explicar a minha ideia, que não era a melhor de todas, mas que poderia ser o bastante para unir as duas pontas que eram os *mobs* e o garoto.

— É muito simples — falei. — Exílio. Quando Herobrine for vencido, eu e Vincent voltamos para o mundo real. Voltamos para lá e nenhum de nós volta a pisar aqui. Os dois mundos ficam a salvo e o trono da Cidade 01 continua vazio.

Alex tomou um pouco do chá que seu mordomo havia deixado por ali e olhou para mim. Ao contrário de todos os outros, ela mantinha a calma e não esboçava nenhuma emoção maior.

— E como poderíamos ter certeza de que ele cumpriria com essa condição? — indagou a Sacerdotisa. — Vincent nunca nos deu motivos para confiar em suas palavras. Todos aqui sabem que eu, mais que qualquer um, tenho o direito de pedir a execução dele; mas estou disposta a lidar com isso desde que o Mundo da Superfície possa ser salvo.

Olhei para a Sacerdotisa, intrigada com as palavras dela, como que percebendo meu estado alheio, Hattori Hanzō encostou a mão em meu braço e explicou:

— A mãe de Alex foi morta sob ordens do Rei Vermelho. Ela era a profetisa anterior e possuía previsões sobre Herobrine de que o rei precisava.

A informação me atingiu como um soco no estômago, e precisei de esforço para não falar um palavrão. O que mais me surpreendeu em toda a situação foi a forma como Alex havia se mostrado capaz de lidar com tudo ao seu redor de forma controlada e calma. Eu sabia que se estivesse no lugar dela teria tomado alguma atitude drástica no momento em que visse o rosto de Vincent na minha frente. Então, me lembrei de que ela uma Sacerdotisa e devia ter treinado para manter suas emoções controladas, mesmo que estivesse gritando por dentro.

— Lamento por isso, Alex... Por tudo — falei. — Sei que deve ser difícil para você, mas eu dou minha palavra de que Vincent e eu iremos embora do Mundo da Superfície. Tudo o que mais desejo é voltar para casa encontrar minha família.

Alex suspirou profundamente.

— Você realmente acredita nele, Usuária? — ela perguntou. — Acredita que a mesma pessoa que matou minha mãe e inúmeros outros *mobs* é capaz de virar as costas e partir? Sem desejar voltar ao seu trono e dominar tudo?

Assenti com a cabeça.

— Acredito — foi minha resposta. — Acredito sinceramente que Vincent está pronto para dar as costas a esse mundo. Eu dou minha palavra, e vou conversar com ele para garantir que isso aconteça. Vocês têm a *minha* palavra.

Todos permaneceram mudos; podíamos ouvir o barulho de passos e conversas do lado de fora da tenda.

— Você me lembra sua antecessora — disse a Sacerdotisa. — Ela também era cabeça dura e teimosa. Bia, se você realmente acredita que o Rei Vermelho... — ela fez uma pausa. — Que Vincent possa ter mudado, estou disposta a acreditar em você.

Sorri.

— Eu realmente acredito.

— Tudo bem — respondeu Alex. — Vamos fazer como Vincent disse. Hattori e Amélia, espero que possam cuidar dessa missão.

A dupla mencionada se levantou e encarou a Sacerdotisa.

— Sim, senhora — disse o samurai. — Vou cuidar de preparar nossas armas e estaremos prontos para partir com a primeira luz do Sol.

A mercenária já estava saindo da tenda, mas voltou a colocar a cabeça para dentro para falar:

— E eu vou cuidar para que tenhamos equipamentos e comida. Na última missão Hattori levou vinte espadas, mas nenhum pão.

A dupla desapareceu de vista rapidamente e me deixou ali sozinha com a Sacerdotisa, que pareceu aliviada pela primeira vez e me disse:

— Estou contando com você para convencer Vincent a honrar nosso trato. A ponto de abafar toda a dor que ele me causou — disse ela. — Se o que o garoto nos disse sobre a biblioteca e a profecia for verdade, é nossa única chance de salvar os dois mundos e mandar Herobrine para o sono eterno.

— Pode deixar — respondi. — Ele vai me ouvir, não acho que Vincent carregue os mesmos sentimentos de antes.

Alex não respondeu palavra, apenas fez um gesto para que eu me retirasse, pois ela precisava trabalhar em alguns planos de emergência e cuidar para que tudo estivesse no devido lugar para a missão do dia seguinte. Por um segundo, na saída, eu tive a impressão de ter ouvido a Sacerdotisa chorar, mas suspeitei ter sido o vento percorrendo as cavernas e continuei meu caminho.

NOÇÕES DO MUNDO DA SUPERFÍCIE

O REI VERMELHO

Por Punk-Princess166

Griefers são os piores tipos de pessoas, aquelas que destroem por prazer, que consomem tudo que se encontra em seus caminhos, por alguma espécie de capricho. Contudo, em todos os meus anos jogando Minecraft e outros jogos, eu nunca havia me deparado com uma criatura como o Rei Vermelho.

Uma criatura movida por seus próprios interesses e sem amor por ninguém (além de si próprio). Um garoto que poderia ser um ótimo jogador, recebendo a oportunidade de ser um Usuário no Mundo da Superfície, mas que preferiu usar todas as suas oportunidades para destruir e queimar.

Eu o vi apenas uma vez, mas preciso admitir que no fim das contas eu sinto mais pena dele do que medo ou raiva.

O que faz uma pessoa dar tão errado?

CAPÍTULO 15
UM POUCO DE CONVERSA

Enquanto Amélia, Hattori e Alex cuidavam dos detalhes que antecediam nossa jornada no dia seguinte, eu caminhei até a tenda onde Vincent estava preso. Um dos guardas fez menção de me parar, mas acabou parando na metade do caminho e permitiu minha entrada — talvez o fato de que os chefes haviam me libertado servisse de ingresso.

Entrei na tenda e caminhei até o ponto em que o garoto se encontrava — ainda amarrado e ainda de cabeça baixa. Ele parecia cansado e completamente desconfortável. Antes que eu pudesse me sentar, ele indicou um balde com água e um copo. Enchi o recipiente e deixei que ele bebesse e repetisse mais duas vezes.

— O atendimento não é dos melhores por aqui — disse ele. — É a última vez que me hospedo neste lugar, espero que o gerente saiba disso.

Nós dois rimos com aquela piada boba.

— Vou me certificar de que ele escute o recado — respondi; então, sentei na frente dele e olhei em seus olhos.

— Ouvi certas coisas sobre você aqui, coisas que você... Ou melhor, que o Rei Vermelho fez.

Vincent balançou a cabeça de um lado para o outro. Seus olhos pareciam cansados e ele suspirava bastante.

— Eu *sou* o Rei Vermelho, colocar na terceira pessoa não vai mudar o que fiz — ele respondeu. — Eu matei e destruí pessoas e lugares. Não me orgulho, mas também não escondo.

— Alex disse que você matou a mãe dela, a Sacerdotisa anterior. Aparentemente ela sabia de alguma coisa sobre Herobrine que você desejava.

Vincent ficou quieto subitamente, mas eu vi um rápido puxão no canto de sua boca, como uma reação involuntária que escapou antes que alguma espécie de goleiro muscular pudesse impedir aquele gol.

— Sabe qual é a pior parte? — perguntou o garoto. — Eu não me lembro disso, não tenho a mínima recordação. Eu sei que é verdade, mas naquela época eu não me importava com as pessoas, apenas com o poder. Lamento por isso, eu realmente lamento.

— Isso deve ser uma droga — comentei, apenas para ter algo a dizer e preencher o silêncio. — Sério.

— É parte da minha punição — disse Vincent. — Espero não ter matado nenhum parente seu ou destruído sua casa.

Dei uma risada.

— Na verdade, você destruiu uma construção que demorei dois meses para construir em Minecraft.

Vincent deu um sorriso curto.

— Lamento por isso — foi a resposta dele. — Vou tomar cuidado da próxima vez que tentar criar um império de mil anos, prometo.

Encarei o teto amarelo da tenda e comecei a desenhar com os dedos sobre o chão terroso, imaginando como devia ser para Alex ter aquele garoto ali e como devia ser para aquele garoto ter que confrontar o resultado de todos os seus erros. Pensar que todos os pequenos e grandes desastres no Mundo da Superfície tinham sua impressão digital. Então, resolvi fazer a pergunta que ocupava minha mente desde que descobri que ele era o Rei Vermelho.

— Por que você fez isso? — perguntei. — Tudo o que fez quando tentou dominar este lugar? Você não parece ser uma pessoa ruim de verdade.

— O que você sabe sobre pessoas ruins de verdade? Não há uma maldade que eu não tenha cometido neste mundo.

— Eu acredito em você — respondi. — E acredito que alguma coisa te levou a isso. Uma pessoa normal não acorda um dia e pensa em se tornar um tirano... A não ser que você seja um maluco completo, isso eu posso compreender.

Vincent riu, cruzou as pernas e me pediu mais um copo d'água antes de continuar a conversa.

— Eu não sei se sou uma pessoa normal — ele falou aquilo com leveza, mas era possível ver que tentava esconder seu desconforto. — Sabe, eu era uma criança qualquer, jogando o dia inteiro e sem muitos amigos. Apenas eu, um computador e meus fones de ouvido. A diferença é que os outros garotos mexiam comigo na escola. Às vezes eram coisas leves, como esconder minhas coisas, mas nas outras eu chegava com hematomas em casa. E então eu ficava cada vez mais calado e me afundava ainda mais nos meus jogos, descontando minha raiva nas pessoas, destruindo coisas de outros jogadores, me tornando um *griefer* idiota...

Eu conhecia o rumo que a história dele estava tomando, já havia visto a mesma coisa acontecendo com outras crianças perto de mim, na televisão e na minha família. Pessoas que sofriam porque eram diferentes e guardavam tudo dentro de si — comprimidas e esmagadas. As palavras continuaram a sair da boca dele e tudo que eu conseguia fazer era escutar em silêncio.

— Eu queria ficar longe de todo mundo que me machucava — ele dizia. — Então, um dia, números apareceram na minha tela de Minecraft e eu caí aqui. Tão incrivelmente longe de tudo aquilo, longe das vozes, das pessoas e das coisas que me faziam triste. Foi então que decidi criar um lugar perfeito, decidi salvar este mundo, mesmo que precisasse destruí-lo primeiro... Eu sei que soa idiota, mas na época parecia fazer sentido.

Forcei um sorriso solidário.

— Acho que quando as pessoas estão tristes elas fazem coisas idiotas — respondi. — Acho que provou o meu ponto. Você não é uma pessoa ruim, é só uma pessoa que errou e está tentando consertar as coisas... Sinta-se orgulhoso.

— Quando tudo isso terminar talvez eu tente me orgulhar de alguma coisa — respondeu ele, sem muita convicção.

Eu me levantei e comecei a andar de um lado para o outro, pensando em como prosseguir com a próxima coisa que precisava falar. Por isso, decidi apenas falar de uma vez:

— Preciso te dizer uma coisa, Vincent. É sobre o seu plano e o que vamos fazer se Herobrine for destruído.

— O que tem?

— Alex quer se certificar de que você não pretende nos trair e que se Herobrine for derrotado, você voltaria para o mundo real comigo, deixando este mundo e o trono para trás e em paz.

Vincent suspirou.

— Eu imaginei que pediriam alguma coisa do tipo — disse ele. — Não vou trair ninguém, Bia, especialmente você. Também prometo que vou deixar esse mundo de lado quando Herobrine tiver sido vencido. Quando isso acontecer, minha dívida estará paga. Eles nunca mais ouvirão falar de mim.

Concordei, fazendo um sinal de positivo com o polegar, e comecei a caminhar em direção à saída da tenda.

— Eu acho que vai dar tudo certo, Vincent — falei. — As coisas serão diferentes quando você voltar para o outro lado.

— Espero que sim.

Dei um sorriso.

— Eu sei que a posição não é das mais confortáveis, mas é melhor você aproveitar o momento para descansar. Durma um pouco, o dia de amanhã vai ser cansativo.

— Espero que sim.

Virei as costas e saí da tenda, pronta para cair na cama que os refugiados haviam separado para mim num canto. Eu sentia esse vento no estômago e a certeza de que Herobrine precisava ser derrotado. Somente assim eu e Vincent poderíamos voltar para nossas casas.

PARTE II: O GRUPO DE CAÇA

Vocês estão prontos? Vamos lá!
Para vocês que querem saber o que somos
É mais ou menos assim, todo mundo, chega junto

Dez por cento sorte
Vinte por cento habilidade
Quinze por cento força de vontade concentrada
Cinquenta por cento de dor
E cem por cento de motivos para se
lembrar do nome

— *Fort Minor*, "Remember The Name"

CAPÍTULO 16
O COMEÇO DE MAIS UMA JORNADA

Acordei com uma dor horrível nas costas por dormir no colchão duro da tenda improvisada. A luz difusa entrava pelo tecido verde, e, lá fora, ouvia-se o burburinho dos aldeões e dos refugiados da destruição causada por Herobrine.

Calcei meu tênis e saí da tenda, sentindo fome. Fiquei me perguntando o que aconteceria com Vincent dali pra frente, visto que ninguém além de mim acreditava no garoto. Será que haviam levado algo para que comesse ou bebesse?

Pessoas iam e vinham pelo acampamento. Alguns criavam armas em mesas de trabalho, outros poliam madeira. Um grupo preparava comida em fornalhas e, mais ao fundo, outro grupo minava uma parede, provavelmente para aumentar o espaço que tinham e coletar minérios. Uma grande mesa de madeira havia sido posta no centro do salão, onde estavam dispostos pratos com pães e bolos, tortas de frutas, omeletes e sopas de cogumelos fumegantes. Meu estômago roncou de fome.

Peguei um prato grande e coloquei duas fatias generosas de torta e dois pães, que recheei com omeletes. Equilibrei tudo em meus braços, junto de uma jarra com água e uma cumbuca de madeira com sopa, e entrei sorrateiramente na tenda de Vincent. Nenhum guarda estava na entrada da barraca (até mesmo eles deviam precisar usar o banheiro).

Vincent estava num canto e se voltou para mim quando entrei. Seus braços haviam sido soltos, e ele estava sentado no chão, massageando os punhos feridos pelas amarras.

— Bom dia — eu disse.

— Fico feliz de saber que alguém está tendo um bom dia — respondeu ele com um sorriso. — E depois de uma noite aqui, posso dizer com toda certeza: Pior hospedagem do mundo.

Ri e puxei uma almofada para me sentar, colocando as coisas à nossa frente com cuidado para não derrubar tudo no chão.

— Pensei que poderia estar com fome — falei. — Quem soltou você?

— O velho mal-humorado. Ele acabou de sair daqui, na verdade.

— Bem, pelo menos ele não me pegou mancomunando com o inimigo.

Não foi o suficiente para arrancar outro sorriso dele, mas sua expressão anuviou um pouco. Comemos avidamente e bebi metade da sopa de uma vez só, desejando que algo tão delicioso pudesse existir no mundo real, onde cogumelos não eram nem de longe tão apetitosos.

— Vou sentir falta dessa comida quando formos pra casa — falei, mordendo a torta de abóbora. Eu nem gostava de abóbora, no outro lado.

Ele partiu o pão com os dentes, em silêncio. Olheiras escuras circulavam seus olhos, como se tivesse dormido muito pouco na noite anterior.

— Mas não vou sentir nem um pouco de falta das camas daqui — acrescentei, observando sua feição.

Ele sorriu, dando de ombros.

— Nunca fui muito fã de camas moles, então nem me importo muito.

Terminamos de comer falando amenidades; imaginei que ele não estaria muito disposto a remoer seu passado como fizera na noite passada. Logo, conversamos sobre desenhos animados, filmes e animes, compartilhando histórias de aventuras dos jogos que havíamos jogado na segurança de nossos sofás e computadores, quando tudo era simples e morrer resultava num simples *restart*.

Não me importava com o passado de Vincent como Rei Vermelho. Só interessava o garoto que estava ali na minha frente, falando sobre as coisas das quais eu também gostava, e percebi o quanto éramos parecidos. Apenas dois adolescentes comuns, no lugar errado do universo, guiados por uma coincidência incomum. Terminamos de comer e saímos da tenda; Hattori já havia reunido Amélia e Alex.

— Finalmente — exclamou Hattori, que parecia um tanto impaciente — Achei que ainda estivesse dormindo.

— Não conseguiria continuar a dormir nem se quisesse — respondi.

O samurai distribuiu mantimentos e me entregou uma espada de ferro e um arco. Deu uma porção de flechas para Alex e uma espada para Amélia, que ajeitava sua bolsa.

— Nada para você — disse Hattori, na direção de Vincent — Não confiaria uma espada em suas mãos nem se minha vida dependesse disso.

Alex deu uma olhada rápida para o garoto, como se sentisse nojo por estar na presença dele. Lancei o meu melhor olhar de suporte para Vincent e ele repuxou o canto dos lábios em resposta, uma tentativa falha de sorriso.

— Você vai com a gente? — perguntei a Alex.

A Sacerdotisa sorriu.

— Não posso ficar me escondendo, segura dentro de muros e paredes, enquanto meus amigos arriscam suas vidas.

— Espero não precisar me preocupar com você — disse Amélia. — Nós oficialmente somos o Grupo de Caça Anti-Herobrine.

Fiz um sinal positivo com o polegar.

— Todos prontos? — perguntou o samurai, checando pela última vez seus suprimentos.

Fizemos que sim com a cabeça. Eu e Vincent não tínhamos muito o que carregar, e a espada parecia particularmente inútil em minhas mãos (eu sendo absurdamente incompetente com armas).

Hattori olhou para Vincent, que abriu a bolsa e agarrou a pérola ender, estendendo-a em sua frente. Formamos um círculo e cada um colocou a mão sobre o orbe — cinco pessoas que poderiam muito bem estar caminhando para a morte.

— Herobrine está cada vez mais perto de libertar o dragão — proferiu Alex, com seriedade. — Esta é nossa chance de vencer a guerra e reconstruir o Mundo da Superfície.

Então, tudo se desfez na frente de meus olhos.

CAPÍTULO 17
ARANHAS, CASTELOS E ABISMOS

Senti como se meu corpo inteiro fosse sugado para dentro do meu umbigo. Minha mão que segurava a pérola do *enderman* queimava, e senti o conteúdo de meu estômago se embrulhando e subindo pela minha garganta.

Respirei fundo, reprimindo a vontade de vomitar, e logo tudo voltou a seu devido lugar. A pérola havia sumido, meu corpo parecia inteiro e normal mais uma vez, e o enjoo passou tão rápido quanto começou. A escuridão se dissipou e meus pés tocaram em algo macio.

Olhei em volta e vi que todos pareciam ter passado pelo mesmo que eu. Menos Vincent, que permaneceu de cabeça baixa — em silêncio, observador.

Será que as pessoas podiam mesmo mudar? Ele estava ali, do meu lado, com a cara séria de sempre, apertando os punhos, mas percebi que havia fragilidade em sua postura, como se estivesse cansado de tudo o que estava acontecendo, perto demais da exaustão completa. Eu acreditava nele. A vida não era tão simples, e pessoas eram coisas complexas, não uma cadeia de números e pixels que resultariam sempre no resultado esperado.

Estávamos em uma ilha. Havia árvores bem verdes nos arredores, e o mar quebrava em rochas logo ali perto de nós, trazendo o cheiro de sal e maresia.

Logo ouvi o som das pinças de aranhas estalando em nossa volta, detrás das sombras das árvores. Do meu lado, Alex sacou um arco e Amélia e Hattori sacaram suas espadas, se preparando para a batalha contra a maré negra de patas e pelos que se aproximava de nós, milhares de olhos vermelhos brilhando com raiva.

Não era comum que aranhas atacassem durante o dia, mas percebi não se tratava de aranhas comuns. Eram muito maiores do que as que eu encontrava no jogo.

Os três *mobs* não hesitaram, já acostumados aos combates (embora fosse uma surpresa ver a Sacerdotisa entre nós). Eu carregava uma patética espada de metal que não fazia ideia de como manusear, e Vincent, ao meu lado, não tinha nada além dos próprios punhos, já que não lhe haviam confiado armas. Hattori derrubava três aranhas na minha frente, Alex alvejava um grupo logo atrás e Amélia gritava e ria enquanto cortava as patas de mais algumas. Emprestei minha espada a Vincent, que encarava uma criatura que se aproximava.

— Espere — disse ele, colocando a mão sobre a minha, que segurava a espada com força. Os nós dos meus dedos contra o metal frio. — Faça exatamente como você faria no jogo.

Não entendi o que ele quis dizer. Não era como se batalhas digitais fossem parecidas com uma de verdade. No primeiro caso eu só precisava clicar e clicar e clicar para derrotar meus inimigos. E se por acaso morresse, voltaria à vida. Estaria segura e em minha base...

Afastei os pensamentos. Não tinha tempo para me distrair: uma aranha estava quase sobre nós, as patas dianteiras já fora do solo, pronta para cair sobre Vincent, que se preparava para lutar de mãos nuas.

Como que por instinto, firmei a arma em minhas mãos e corri até o *mob*, golpeando-o com toda força de meus braços, de minhas pernas e de minha convicção. Acertei as patas dianteiras da aranha junto de suas longas pinças, arrancando-as com um som cortante. O animal gritou de dor e se afastou, arrastando os tocos do que antes eram suas pernas. Sem pena e sem titubear, saltei e golpeei-o mais uma vez, acertando a espada em seu crânio. O *mob* explodiu em pixels mortos que se desfizeram no ar.

Olhei para minhas próprias mãos, sem acreditar que *eu* havia feito aquilo. Olhei para o lado e Vincent sorriu. Um sorriso minúsculo no canto dos lábios, como se conhecesse aquela sensação de se surpreender com uma ação incrível e inesperada.

Perto de mim, os três guerreiros não paravam de acertar mais e mais aranhas, mas era como se um invocador de monstros estivesse por perto, fazendo mais e mais delas aparecerem a cada segundo, nos deixando com poucas opções além de fugir.

Foi o que Amélia gritou instantes depois:

— Temos que sair daqui! — O estalido de uma aranha sendo golpeada por ela abafou o que ela disse a seguir. Tudo o que ouvi foi: — ...precisamos chegar até o castelo!

Olhei para o alto e, lá longe, em uma colina, vi um castelo negro com uma torre alta e pontiaguda.

— Bia! — ordenou Alex, retesando a corda do arco — Vá correndo na frente! Vamos te dar cobertura.

Assenti com a cabeça. Observei o caminho que deveria tomar, entre colinas, árvores e rochedos, e comecei a correr, Vincent em meu encalço. Um grupo de aranhas tentou impedir nosso avanço, mas não tive dificuldades em acertá-las com a espada, decepando suas patas, cortando abdomens e perfurando minúsculos olhos vermelhos.

Vincent chamou minha atenção e vi um grupo se aproximando dele. Atirei a espada em sua direção e o garoto a pegou no ar, matando as aranhas mais rápido do que meus olhos podiam enxergar. Ele agradeceu e corremos, com Hattori, Amélia e Alex atrás de nós. A Sacerdotisa ia abrindo caminho com flechas. E assim corremos entre *mobs* mortos e pixels no chão.

Era mais fácil correr com as mãos livres, mas eu me sentia completamente desprotegida sem uma espada. Virei de costas, estendendo um braço e pedindo a arma de volta para Vincent, mas meu passo seguinte não tocou em nada.

Pude ver Vincent largando a espada no chão e esticando uma mão na tentativa de me alcançar, mas eu já estava longe. Meu corpo caía cada vez mais rápido em direção ao precipício abaixo de mim. Um frio no meu estômago dizia que estava tudo acabado, e durante aqueles poucos instantes me culpei por correr sem olhar para frente. Ouvi muitas vozes gritando meu nome. Senti o vento em meus cabelos e o mundo de chão verde desaparecendo diante dos meus olhos.

NOÇÕES SOBRE O MUNDO DA SUPERFÍCIE

ARANHAS

Por Punk-Princess166

Aranhas não costumam fazer mal nenhum a você durante o dia. É como se o Sol lhes servisse de calmante. Mas à noite, elas vão te perseguir até arrancarem um pedaço da sua perna, ou talvez mais do que isso.

Os olhos das aranhas são ótimos para fazer receitas com fermentação para poções mágicas, e as teias podem ser usadas em uma porção de coisas, tendo a mesma utilidade que cordas no mundo real.

Não representam um perigo particular para jogadores, mas podem ser inconvenientes quando atacam em grupos.

CAPÍTULO 18
NÚMEROS NO CÉU

Meu cotovelo estalou com força e senti uma dor latejante por todo meu braço. Havia um corte profundo na minha mão, a mesma mão que se agarrava com força a uma rocha afiada. Abaixo de mim, uma ravina gigantesca circundava todo o penhasco e eu mal podia ver o fundo, que brilhava com uma poça de lava. Dei um grito, tentando me erguer do abismo, apoiando as pernas nas rochas cortantes para sair, mas meu braço estava muito ferido por ter parado minha queda.

Olhei para cima com muito esforço, apenas para ver uma massa loira de cabelos surgir por sobre as pedras. Vincent se deitou no chão e esticou a mão para mim. Seus olhos estavam enormes de medo, assim como os meus.

Ergui a mão livre para tentar alcançar seus dedos, mas estavam fora do meu alcance. Sentia meus dedos começando a se soltar da pedra. Eu só viveria por mais alguns segundos, pensei. Fiz mais uma tentativa de alcançar Vincent, sem sucesso. E, então, ele sumiu dali.

— Vincent! — gritei, minha voz rouca.

Meu corpo tremia com a expectativa de uma morte rápida em forma de queda, pedras afiadas e poço de lava. Não acreditava que ele pudesse me abandonar para salvar sua própria vida. Os sons da batalha ainda se faziam audíveis logo acima. Imaginei se ele havia aproveitado a distração de todos para correr dali.

Gritei mais uma vez, agarrando a pedra com minhas forças já no limite. Eu estava quase me soltando quando uma linha branca e grossa desceu pelas pedras até chegar no meu rosto. Uma teia de aranha!

Vincent surgiu mais uma vez no topo da ravina e senti uma onda de alegria ao ver que ele não havia me abandonado. Ele segurava a corda com uma mão e esticava a outra para mim.

— Você vai ter que se soltar para segurar a corda!

— Eu não consigo! — gritei. Meus olhos se enchiam de lágrimas, talvez por causa do vento, talvez por causa do medo. Eu sabia que se soltasse a pedra, eu estaria morta. Meu braço direito já não podia se sustentar sozinho.

— Você consegue, Bia! — gritou o garoto — Rápido!

Lá em cima, atrás dele, patas de aranhas se aproximavam. Não havia tempo para o medo, não havia tempo para hesitações. Respirei fundo e soltei meu braço esquerdo. Sem pensar, fiz um esforço e agarrei a corda, torcendo para ser rápida o suficiente.

Sim!

Eu havia conseguido.

Vincent puxou a corda até alcançar minha mão e me ergueu até a planície. Não tive tempo para agradecer ou respirar aliviada por escapar da morte. A morte ainda estava presente diante dos meus olhos: pinças afiadas caíam sobre mim e o garoto, alheio ao que acontecia logo atrás dele. Olhei ao redor. Minha espada estava por perto, caída ao lado dele. Rolei no chão, segurei a arma com a mão ferida e me levantei. Perfurei o tórax da aranha com um golpe bem forte e ela caiu morta, se desfazendo em nossos pés. Vincent olhou para trás com espanto no rosto e me deixei cair no chão, sem forças para mais nada.

Perto de nós uma aranha estava morta e de sua boca vinha a teia que Vincent havia usado para me resgatar.

— Por um instante — falei, com o fôlego entrecortado. — Por um instante, achei que você tinha ido embora.

Ele tirou o cabelo da testa suada, sujando o rosto com terra úmida.

— Garota de pouca fé — disse ele, se levantando e me ajudando a ficar de pé. — Me dê um pouco mais de crédito.

Passei um braço sobre seus ombros, deixando o outro pender inutilmente ao meu lado, sujo, machucado e sangrando. Ao menos a horda de aranhas havia chegado ao fim. Hattori, Amélia e Alex se aproximavam rapidamente.

— Você está bem, Usuária? — Alex veio na frente, posicionando o arco em suas costas e se ajoelhando para ver minha mão cortada.

Amélia e Hattori mantinham seus olhos em Vincent, como se ele fosse me jogar do precipício na primeira oportunidade.

— Ei, pessoal! — falei com desconforto. — Vincent me ajudou. Se ele quisesse fazer alguma coisa, era só ter me deixado cair.

Amélia e Hattori se entreolharam, e Alex me espiou de esguelha. Eles não pareciam convencidos, mas eu era capaz de entender o motivo.

— Não é culpa deles — disse Vincent, me ajudando a me sentar no chão, onde Alex começou a examinar meu braço atenciosamente. — Eu não era a melhor pessoa do Mundo da Superfície. Eu não me importo se vocês me odeiam. Só quero fazer a coisa certa dessa vez. E espero ter a oportunidade de fazer isso.

Apertei a mão dele em forma de apoio, mas ele a soltou e se afastou, indo se sentar no chão ao longe. Não tentei imaginar o que se passava na cabeça dele, mas não devia ser fácil conviver com aquela dor e todo aquele peso na consciência. Minha vida sempre foi confortável, apesar das piadas na escola e de alguns problemas pontuais, mas o que eu seria capaz de fazer se não tivesse uma família amorosa que me apoiasse e acompanhasse em tudo? Uma dor repentina em meu braço me tirou de meus devaneios. Alex limpava o sangue de minha mão com água e começou a enrolar uma faixa em torno do corte.

— O que aconteceu com você? — perguntou Amélia, olhando desconfiada para Vincent. — O garoto vermelho fez alguma coisa?

Fiz um sinal negativo.

— Eu caí na ravina — respondi. — E cortei a mão na rocha ao me segurar.

Ela pareceu convencida com a resposta. Hattori permaneceu quieto, se dedicando a matar uma aranha moribunda que ainda se debatia.

— Como está o braço? — indagou Alex ao terminar.

— Fiz um curativo simples, mas que deve aguentar.

Dobrei o braço e mexi os dedos da mão.

— Ainda dói, mas parece melhor — respondi.

— Você aprende rápido — exclamou Amélia, me devolvendo a espada quando Alex me ergueu do chão. — Fiquei impressionada.

— Não sei como fiz nada disso — falei, com sinceridade. — É como se eu fizesse isso com frequência, mas nunca brandi uma espada na minha vida.

— É claro que já brandiu — contestou Hattori. — No computador. Naquilo que você chama de jogo. Toda a habilidade que você tinha lá, com seu teclado ou qualquer outra coisa que use para jogar, virou habilidade de verdade no Mundo da Superfície.

— Mas lá eram só cliques de um botão — movimentei meus dedos como se segurasse em um mouse.

— Não importa. Não existem botões aqui. Agora temos que ir em frente. — Ele ajeitou a espada na cintura e limpou restos de teias e sangue de aranha dos braços. — Vamos!

Alex sorriu para mim e agradeci pelo curativo. Amélia ainda olhava de esguelha para Vincent, que se erguia do chão e ia andando na frente, em direção ao castelo.

Deixei-o sozinho e fui andando atrás de todo mundo. Eu levava a espada na mão esquerda e brincava com o objeto, percebendo que estava familiarizada com ela em minhas mãos, como se fosse algo natural, como se eu fizesse aquilo diariamente. Bem... se Hattori estava certo, então eu *realmente* fazia aquilo diariamente. O que mais seria capaz de fazer ali, no mundo de blocos e pixels?

Seguimos por uma trilha, circundando a ravina em que eu havia caído. Havia uma estrada de cascalho que subia a colina, e as árvores ficavam vez mais espessas a nossa volta. O castelo agora era mais visível e parecia ser construído em cima de alguma rocha negra. Será que era obsidiana?

Chegamos a uma gigantesca escadaria feita do mesmo bloco escurecido. Hattori, Amélia e Alex foram subindo os degraus, deixando Vincent para trás. Parei ao lado dele, que encarava a construção com os punhos cerrados e apertando a mandíbula.

— Você que construiu isso? — perguntei.

Ele assentiu com a cabeça, soltando um suspiro desanimado.

— O que é essa pedra? Obsidiana?

Ele me olhou por um segundo antes de pisar na escadaria e começar a subir.

— Não — disse apenas, antes de acrescentar pouco depois: — É rocha matriz.

— *Bedrock*? — indaguei, abismada — Mas...

— Eu conseguia fazer qualquer coisa neste mundo. Até modificações. — ele deu uma risada falsa — Mas agora sou só um cara normal, tentando consertar a besteira que fiz.

Ele voltou a olhar a construção, pesarosamente. Ainda estávamos na metade da escadaria.

— Construí este castelo com rocha matriz para que nada pudesse destruí-lo, nem mesmo um Dragão do Ender. É uma prisão perfeita.

Subimos mais alguns degraus quando o céu começou a escurecer. Ainda era cedo para noite, então olhei para cima, esperando encontrar uma nuvem espessa passando pelo Sol, mas o que vi fez meu queixo cair.

— O que foi? — perguntou Vincent, antes de olhar para cima e ver o mesmo que eu.

O céu azul estava escurecendo, e uma série de uns e zeros começava a tomar conta de tudo, como se o firmamento fosse um gigantesco monitor, com sua luz falhando e tendo cada pixel de sua superfície ocupada pelos numerais. Eram os mesmos números que haviam me trazido para aquele lugar, rolando e rolando e rolando.

— O que diabos...? — perguntou Amélia. Ela desceu os degraus até onde estávamos, olhando para cima, tão embasbacada quanto todos nós. — Isso é impossível.

— O que está acontecendo? — foi a vez de Hattori se indagar.

Alex balançou a cabeça com o olhar pesaroso, os números se refletindo em seus olhos claros.

— Nosso fim — disse ela. — Lamento informar, Hattori, mas é isso que está acontecendo.

Então, como que para provar que a Sacerdotisa estava certa, a tela do céu se apagou.

E todo o Mundo da Superfície foi tomado pela noite.

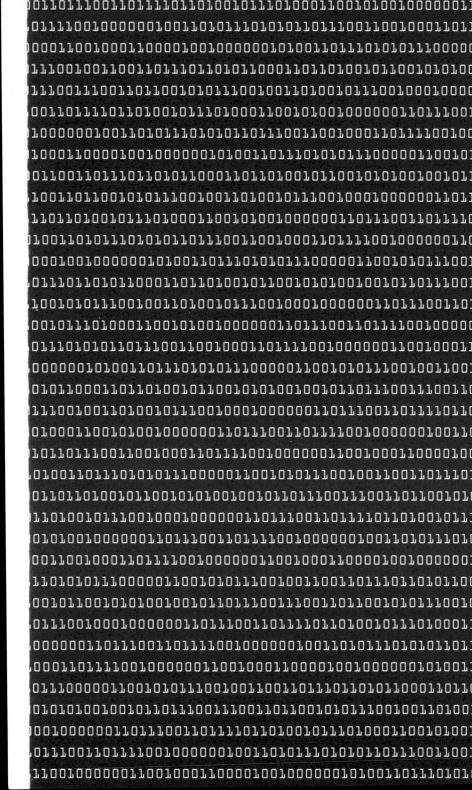

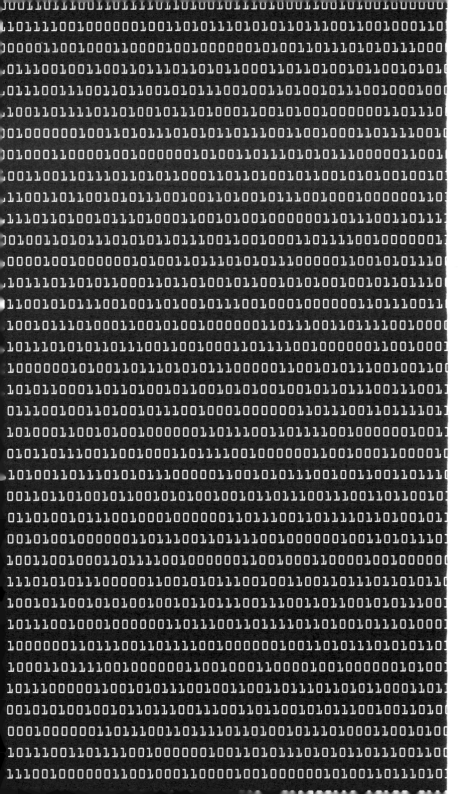

CAPÍTULO 19
A MORTE DA LUZ

— É o nosso fim — Alex repetiu a sentença, aumentando a gravidade do que havia dito. — Herobrine conseguiu sua maior vitória.

Levei alguns instantes para perceber o que estava realmente acontecendo. Deveria ser dia. Herobrine havia destruído o Sol.

Meu coração bateu acelerado na minha caixa torácica, meus olhos se apertando para ver meus colegas a minha volta em meio à escuridão. Não havia nenhuma fonte de luz em local algum. O céu não possuía uma única estrela, e também a Lua tinha desaparecido. Havia apenas a escuridão acima de nós. Foi aí que percebi que Herobrine não havia destruído o Sol. Havia destruído o céu, criando uma noite eterna e definitiva no Mundo da Superfície. Criando um universo perfeito onde monstros poderia andar livremente.

— O dia foi destruído — disse Amélia, entre os dentes. Mais raiva do que medo ou pesar transparecia em seu tom de voz. — Será noite para sempre no Mundo da Superfície.

Hattori nos tirou de nosso devaneio.

— Precisamos sair daqui o mais rápido possível.

Todos assentimos, entendendo o que ele queria dizer. Em breve cada pedaço do solo estaria recheado de *mobs* hostis. Sem luz que os afastasse, o resto de nossa jornada estava comprometido e correríamos risco de morte a cada segundo que estivéssemos desabrigados.

— Estaremos seguros lá dentro — disse Vincent.

Ele mesmo havia construído aquele lugar, portanto acreditei no que disse e comecei a subir o mais rápido que podia.

Não demorou muito para que os *mobs* desovassem. O estalido, o murmúrio e os gemidos dos monstros logo nos alcançaram e eles surgiram em toda nossa volta.

Eu não podia lutar com o braço ferido, mas segurei a espada firmemente. Hattori desembainhou uma de suas espadas e entregou-a sorrateiramente para Vincent.

— Espero poder confiar em você, Rei Vermelho — disse o samurai.

— Eu não sou mais o Rei Vermelho — disse o garoto — Meu nome é Vincent.

E partiu para cima de um esqueleto montado em uma gigantesca aranha negra.

Amélia se manteve ao meu lado e lutamos juntas contra um grupo de zumbis. Não conseguia atingir os monstros com força, mas minha convicção me ajudava a permanecer firme escada acima, degrau por degrau, *mob* a *mob*, sabendo que teria ajuda de meus colegas caso precisasse.

Alex abria caminho e nos defendia sempre que possível, retesando seu arco agilmente, nunca errando um único tiro.

Amélia se afastou de mim para golpear um *creeper* com os pés, fazendo ele cair e explodir escadaria abaixo. Ela decapitou um esqueleto antes que ele a atingisse com uma flecha, e a cada golpe que dava soltava um palavrão, xingando com raiva.

— Será. Que. Não. Posso. Ter. Um. Segundo. De. Paz?

— E matou um *enderman* com um único golpe da espada.

Fiquei ao lado de Vincent e abrimos caminho juntos até perto do patamar onde duas gigantescas portas nos esperavam. Estiquei a mão para tocar na maçaneta, mas Vincent me deteve:

— Não! — gritou ele, e usou os pés para remover a espada do peito de um zumbi morto por ele. — É uma armadilha!

Afastei-me rapidamente da porta e fui golpeada no rosto com força em meu momento de distração. O *enderman* a minha frente se preparava para me acertar mais uma vez com seus braços enormes, mas desviei do seu corpo agilmente e atingi seus joelhos com a lâmina da espada.

Ouvi um grito vindo na direção de Vincent e só tive tempo de vê-lo agarrar a coxa, onde uma flecha estava fincada profundamente, antes de o *enderman* voltar sua atenção para mim.

Golpeei-o novamente, mas ele desapareceu e eu caí para frente, atingindo o nada. Ouvi o som peculiar do *mob* teleportando e estoquei a espada para trás. Sucesso! Havia atingindo-o bem no peito. O *mob* gritou e se afastou para longe dali, desaparecendo de vista, deixando para trás apenas uma fumaça roxa.

Vi Vincent cambalear até um botão encaixado na extremidade esquerda do patamar, apertando-o com força enquanto se apoiava na parede. Provavelmente havia feito uma armadilha que precisava ser desativada antes de a porta ser aberta.

Disparei até ele e o ajudei a andar até a porta, que abrimos de imediato, deixando que Amélia, Hattori e Alex entrassem atrás de nós. Todos nos apoiamos nas portas pesadas, empurrando-as contra os *mobs* que se amontoavam do outro lado, forçando a entrada atrás de nós.

Assim que a porta se fechou, ficamos no escuro completo.

Não podíamos mais ouvir o som das criaturas atrás da madeira e da rocha; tudo o que ouvíamos ali do outro lado eram nossas respirações pesadas e o som de uma flecha sendo removida da carne, seguido de um gemido de dor.

— Vincent! — chamei, e senti uma mão se apoiando no meu ombro, como se ele fizesse esforço pra ficar de pé.

Ninguém pareceu se comover com a dor dele, mas eu também não conseguia enxergar nada para poder julgar a situação.

— Me ajude a andar até mais adiante, à direita.

— Não consigo ver nada.

— Eu sei. Não tem nada aqui no chão, pode andar.

Eu andei lentamente, com medo de cair em mais algum buraco, ou tropeçar em algum objeto, mas não havia nada, apenas uma parede fria logo à frente.

Vincent soltou meu ombro e ouvi-o se afastar enquanto xingava baixinho. Então ouvi o som de uma alavanca sendo acionada e o ambiente foi tomado de luz de uma série de tochas vindas do teto.

Meus olhos doeram com a claridade e tapei o rosto, mas logo pude observar em volta com mais calma.

O prédio inteiro era feito daquela rocha negra salpicada de branco, decorado com quadros, luminárias e estantes de livros. O saguão de entrada se dividia em dois corredores compridos à direita e à esquerda, e na nossa frente, se estendia uma escadaria de quartzo branco ornamentada por colunas nas laterais. No topo da escadaria, duas portas de madeira dourada.

Eu estava prestes a elogiar as habilidades de construção de Vincent, mas vi que ele estava ocupado demais se sentando num dos degraus da escada e rasgando a calça jeans na altura do ferimento à flecha.

— Onde está o bibliotecário? — Perguntou Hattori.

Ignorei aquela pressa toda do samurai e corri para ajudar meu amigo, que olhava febrilmente para o machucado aberto na pele branca.

CAPÍTULO 20
UM FIO DE ESPERANÇA

Usei a lâmina afiada de minha espada para ajudar a cortar o pedaço de baixo da costura de minha camiseta e usei a tira para estancar o sangue do machucado de Vincent. Joguei um pouco de água por cima do buraco e ele grunhiu de dor, pálido.

— Não temos tempo para isso — reclamou Amélia. — Onde está o bibliotecário?

Eu bufei, impaciente, amarrando uma segunda tira de camiseta na perna dele, dessa vez, bem em cima do ferimento. Agradeci por usar camisetas largas, ou estaria com nada mais que um top de tanto tecido que havia rasgado da minha roupa.

Ajudei Vincent a se levantar e ele se apoiou no meu ombro, apontando o topo da escadaria.

— Lá em cima, na biblioteca — ele disse, começando a subir.

Acompanhei-o escada acima, deixando que se apoiasse em mim. Fiquei um pouco irritada com o descaso de todos para com Vincent, mas imaginei o quão difícil era para eles perdoá-lo.

— Tem mais armadilhas por aqui? — perguntou Alex, andando com cautela.

Vincent balançou a cabeça. Sua testa suava e o cabelo insistia em grudar na cara dele. Esfregava o rosto impacientemente, colocando a franja para o lado.

— Você consegue ir mais rápido? — murmurei baixinho, vendo a pressa de todos os presentes.

— Acho que sim.

Subimos as escadas rapidamente e Hattori, que estava à frente, abriu as portas duplas para o que parecia um enorme jardim em um átrio. Algumas lanternas e tochas iluminavam o pátio, onde uma fonte jorrava água bem no centro. Vasos de arbustos, flores e bancos estavam dispostos no jardim em volta da fonte, simetricamente alinhados.

Eu e Vincent fomos em frente, e ele conseguia firmar a perna com cada vez mais força no chão. Em cada lado do jardim havia uma porta; seguimos à direita, num corredor escuro?

Antes de entrarmos, Amélia soltou um suspiro pesaroso. Me virei para ela, vendo-a olhar para o céu, onde não havia nada além de um negrume infinito.

— Você acha que podemos consertar isso? — perguntou a Alex. — Ou vamos viver para sempre no escuro.

A colega colocou a mão em seu ombro, sem olhar para cima.

— Vamos em frente e talvez possamos descobrir — ela respondeu.

Hattori fez um sinal com a cabeça e fomos em frente.

— Tudo é possível no Mundo da Superfície — disse o samurai. — O céu foi construído e depois foi destruído. Por que não poderia ser refeito?

— É, mas precisamos derrotar Herobrine antes disso — falei, sem muita esperança na voz. — E só para lembrar, ele é o cara que destruiu o dia.

— A gente não pode desistir, Bia — Amélia tentou sorrir na minha direção, mas também não parecia tão esperançosa assim.

Nossos passos ecoavam pelo corredor mal iluminado e nossas vozes pareciam gritos no local silencioso. Adentramos mais uma porta, chegando no que parecia uma sala de leitura. Mesas estavam espalhadas por todos os lados, assim como cadeiras e sofás vermelhos. No teto, luminárias feitas com tochas e algumas lanternas de pedras brilhantes.

Ficamos parados à porta, a respiração entrecortada, sem conseguir tirar os olhos dos corpos que ocupavam as mesas, sofás e cadeiras. Era como se tivessem sido mortos rápido demais para qualquer reação. Alguns estavam caídos sobre livros abertos, outros seguravam penas ou canecas de bebidas. Um deles estava logo à frente de meus pés, com a mão esticada na direção da porta. Uma tentativa inútil de fuga.

— Droga! — exclamaram Hattori e Amélia ao mesmo tempo.

— O que aconteceu aqui? — perguntei.

Alex se ajoelhou próximo ao monge copista.

— Ele ainda está quente — disse — estamos atrasados.

Todo o restinho de esperança em mim foi se esvaindo cada vez mais. Herobrine havia chegado antes de nós.

— Precisamos correr — Vincent se desvencilhou de mim e foi andando na frente, correndo com a perna ferida na medida do possível.

Nós fomos atrás, subindo um pequeno lance de escadas rodeadas por estantes de livros, desviando dos corpos no chão.

— Como ele chegou até aqui? — perguntava Alex, em meu encalço.

— Não faço ideia — respondeu Vincent, sem fôlego, mas sem parar de correr. — Eu juro, não tive nada a ver com isso.

— Eu sabia que não podíamos confiar nesse moleque! — grunhiu Amélia.

— Ah, já chega, Amélia! — rebateu Alex. — Não temos tempo pra isso. O garoto já mostrou que está tentando ajudar.

— E como você explica isso? — ela voltou a indagar, apontando um corpo apoiado na parede enquanto corriam.

— Este é um esconderijo *dele*.

— Herobrine *apagou* o céu — disse Vincent, com um esgar — Achar um esconderijo não deve ser tão difícil assim.

Continuamos por uma série de corredores feitos por estantes e pilhas de livros — parecia um labirinto. Fomos diminuindo o passo, seguindo Vincent para a esquerda, direita, direita, esquerda, esquerda, atravessando o que parecia interminável. Então, finalmente chegamos a uma última bifurcação.

— Fiquem aqui — o garoto mandou, parando em frente a uma porta. Vi-o cortar uma linha quase invisível bem em frente nossos rostos. Mais uma armadilha. — A armadilha da entrada está intacta, acho que chegamos a tempo.

Hattori o empurrou para o lado e atravessou a porta. Nós o seguimos de perto e cada membro do grupo sacou suas armas, ficando preparados para qualquer coisa que pudessem encontrar do outro lado.

A biblioteca era um salão enorme, três andares de livros e mais livros. Um candelabro que pendia do teto bem no meio do salão arredondado iluminava um tapete vermelho, onde, no seu centro, havia uma mesa de encantamentos com um livro fechado. Logo a sua frente, para o horror de todos, havia um homem de pé. Seus olhos brilharam na minha direção e senti uma pontada no peito, como se aquele brilho me hipnotizasse, atravessasse minha pele e fosse direito em meu coração, perfurando-o.

Ele segurava a Espada de Diamante.

Mas sua lâmina, em vez do conhecido tom turquesa, estava banhada de vermelho.

A cor escorria pela lâmina, pingando no chão em uma poça fresca, bem ao lado de um homem caído.

Era tarde demais.

NOÇÕES SOBRE O MUNDO DA SUPERFÍCIE

HEROBRINE

Por Punk-Princess166

Eu só preciso dizer uma coisa:
Ele *realmente* não presta.

CAPÍTULO 21
O FANTASMA DO NETHER

O grupo trancou a respiração. Permaneci em silêncio absoluto, sem desviar minha visão dos olhos brilhantes do Herobrine. Era como se toda minha vida estivesse suspensa por aqueles momentos. Hesitei por alguns instantes, sem saber o que fazer.

Herobrine fez um movimento rápido com a espada, limpando o sangue que escorria da lâmina e formando uma linha irregular até perto de onde estávamos. Se tivéssemos chegado minutos — ou segundos — mais cedo, talvez tudo teria sido diferente. Mas era tarde demais...

Vincent cerrou os punhos com força do meu lado, prestes a partir para cima do inimigo. Fiz um sinal negativo com a cabeça e ele deu um passo para trás, se contendo. Precisávamos agir com cautela se quiséssemos ter alguma chance contra a criatura. Se nem mesmo os antigos Usuários, PunkPrincess166 e Noobie Saibot conseguiram derrotá-lo... O que eu poderia fazer?

Herobrine empurrou o corpo do bibliotecário com o pé, e ele rolou com um baque surdo. Nosso adversário não estava preocupado com nossa presença. Não éramos mais do que insetos para ele. Herobrine sorriu, os olhos brilhando ainda mais nas sombras.

— Vocês chegaram na hora certa — disse ele, com uma risada. — Fico feliz que tenham se reunido aqui. Eu adoraria ter testemunhas para admirar minha vitória.

Seu olhar parou sobre Vincent, o sorriso maníaco ainda pendurado em seus lábios enquanto falava suas próximas palavras:

— Uma criança nunca deixa de ser uma criança, pelo que posso ver. Você realmente achou que eu serviria uma criança estúpida como você?

Vincent não respondeu, e eu fiquei contente que não tivesse caído naquela provocação barata. Hattori, Amélia e Alex passaram na nossa frente, ficando a poucos passos do Fantasma do Nether — uma atitude encarada com escárnio por parte do inimigo.

— O que acharam da minha obra de arte? — perguntou Herobrine, abrindo os braços e olhando para cima, onde uma janela deveria permitir a entrada do luar e das estrelas, mas só se via escuridão. — O Mundo da Superfície me pertence. Pertence a mim, aos mortos e a todos os *mobs* hostis que caminham por aqui. Lamento que não estarão vivos quando o mesmo se der com o mundo real.

— Como se isso fosse acontecer — falei, me sentindo mais corajosa do que deveria. — Já pensou em ter o seu próprio programa de entrevistas? Você é um comediante nato.

Herobrine se voltou para mim. Não parecia feliz por ser interrompido em seu momento de egocentrismo exacerbado.

Vincent se juntou a mim:

— Eu te trouxe para este mundo, Herobrine, e posso tirá-lo dele.

Então, tudo aconteceu...

Numa confusão cheia de som e fúria.

Todos atacaram ao mesmo tempo. Uma onda de ataques e golpes. Espadas contra espadas, flechas contra armaduras, lâminas contra carne e pixels. Minha espada se chocou contra a de Herobrine e foi o mesmo que nada. Minha investida não teve *nenhum* sucesso. Acredito que ele nem tenha percebido meu ataque. De repente, toda minha coragem virou terror. Olhei em volta, enquanto Vincent e os outros atacavam — uma atividade frustrante visto que Herobrine se desviava com facilidade e fluidez. Os ataques que recebia eram completamente inúteis.

Que tipo de esperança teríamos contra um monstro daqueles?

Herobrine se afastou com um pulo, sem titubear. Parecia calmo. Não, na verdade, parecia até estar se divertindo.

— Vocês já não têm esperanças — disse ele. — Arranquei todas as informações de que precisava do monge copista aqui — lançou um olhar para o corpo estendido no chão. — Em breve libertarei o Dragão do Ender e trarei a destruição eterna aos dois mundos.

— Pare de se vangloriar, idiota — grunhiu Vincent, atacando mais uma vez. — Sua voz me irrita.

Herobrine aplacou o ataque no ar e revidou com um soco. O garoto foi atingido no peito e voou longe, caindo do outro lado do salão com um grunhido de dor.

— Vincent! — gritei.

Atrás de mim, nossos companheiros voltaram ao combate. Os ruídos de metal, gritos e impropérios ecoavam por tudo, fazendo quatro pessoas parecerem mil. Meu coração batia acelerado enquanto corria até o garoto caído, e eu torcia para que tudo acabasse bem, apesar de cada músculo de meu corpo dizer o contrário. Me ajoelhei ao lado de Vincent e o ajudei a se colocar de pé. Ele sacudiu a cabeça e segurou-a entre as mãos, como se estivesse enjoado com a queda. A perna, ainda ferida, mal tocava o solo.

— Você não pode lutar desse jeito — falei. — É loucura.

Ele bufou de raiva, esfregando o rosto com impaciência.

— Que droga! — murmurou, frustrado. — Nós precisamos acabar com ele.

Ele apertou o nó da tira de tecido que cobria o ferimento e pegou a espada do chão.

— *Eu* preciso derrotá-lo — disse ele, com os olhos pregados na luta a poucos metros de onde estávamos. — Mas como...?

Ele não prestava atenção em mim, perdido em pensamentos.

— Vincent! — chamei, e ele se voltou em minha direção. — O que faremos agora?

Ele me olhou nos olhos, balançando a cabeça ligeiramente.

— Não faço a mínima ideia — disse com uma rápida careta de frustração.

Assim como eu, ele devia ter percebido o quão inúteis eram nossos ataques contra Herobrine. Mordi meu lábio, sem querer acreditar que havíamos chegado até ali e não havia nada a ser feito. Pensei em todas as pessoas daquele mundo digital e do mundo real. Não era possível que todos sofressem porque não sabíamos como resolver aquele problema. Era *nossa* responsabilidade. Afinal, eu havia caído ali por algum motivo. Não podia ser apenas uma coincidência que, dentre milhares de jogadores de Minecraft, justamente *eu* fui cair ali.

— De acordo com a profecia — Vincent começou, mais focado — Tudo está ligado aos Usuários e àquela espada. — Olhei para Herobrine, que apontava sua espada para o peito de Hattori. — Mas eu não sei o que fazer. O bibliotecário era minha última esperança.

Coloquei uma mão sobre os ombros dele e assisti àquele garoto sério e obstinado começando a quebrar em suas bordas, como se suas emoções, cuidadosamente coladas no lugar, começassem a ruir. Eu não estava muito esperançosa de que o dia pudesse terminar bem, mas não podia deixar que ele também desistisse. Pelo menos um de nós precisava se manter firme na missão, ou o desespero de um infectaria o outro.

Sacudi o corpo dele levemente.

— Vincent! A gente *vai* conseguir! Está me ouvindo? Somos humanos, nós criamos ele! Não é isso que você disse? Ele nos teme!

Vincent assentiu com a cabeça, apertando os lábios e começando a caminhar em direção ao inimigo de todos os mundos.

— Herobrine vai cair — ele disse e correu na direção da batalha.

Fui em seu encalço. Se minha vida havia chegado ao fim, se não havia nada que pudesse ser feito, então pelo menos eu morreria lutando, ao lado de meus amigos que não haviam desistido daquela luta durante anos e mais anos. Que perderam seus amigos, suas famílias, suas vilas e suas casas por aquela guerra.

No entanto, eu e Vincent não tivemos tempo de chegar no campo de batalha. Ela havia acabado tão rápido quanto começara. Eu podia escutar a risada alta de Herobrine se misturando aos gritos de Alex e Amélia, gritos que ecoaram pelos livros e estantes da biblioteca.

Minhas pupilas se contraíram e um fraco "não!" escapou da minha garganta. Caí no chão de joelhos e Vincent parou onde estava, a espada em riste, o rosto contorcido de raiva. Amélia e Alex estavam paradas logo a minha frente, com os olhos vidrados na espada de Herobrine, que atravessava o corpo do samurai Hattori Hanzō. A cor bronzeada se apagava de seu rosto quadrado e ele agarrava a lâmina debilmente.

Herobrine puxou sua espada de volta lentamente, deixando o corpo de Hattori cair no chão com um murmúrio curto de dor. Então, o inimigo se voltou para nós. Os lábios eram uma linha fina que cortava seu rosto em um sorriso largo e maligno.

— Não há mais nenhum lugar para se esconder — disse ele. — O mundo é noite.

CAPÍTULO 22
FAMOSAS ÚLTIMAS PALAVRAS

Com aquelas palavras, Herobrine saiu dali como se não fôssemos mais merecedores de sua atenção. Seu tempo para brincar havia terminado e as crianças deveriam ficar sozinhas.

Eu não conseguia me mover, olhando Hattori estendido no chão. Amélia e Alex correram até ele, e a Sacerdotisa agarrou a mão do samurai, levando-a até o rosto em lágrimas.

— Hattori — disse ela.

Foi então que notei que ele ainda estava vivo, se prendendo ao pouco de vida que ainda restava em seu corpo. Seu peito subia e descia no que seriam seus últimos suspiros.

— Vai ficar tudo bem, velhote — disse Amélia, pressionando a ferida, tentando impedir o sangue de escorrer. Ele brotava grosso entre os dedos da mercenária, que soltou um soluço involuntário. — Não entre em pânico e vai dar tudo certo.

Vincent estava na minha frente, imóvel, a boca entreaberta e os olhos arregalados. Ele baixou a cabeça e soltou a espada que tilintou no chão frio — o único som no salão além dos murmúrios das duas mulheres.

Me levantei, dando um passo na direção de Vincent, mas ele se retraiu, permanecendo afastado. Fiquei ali de pé, com o garoto de um lado, Hattori, Amélia e Alex do outro. Herobrine trabalhava em alguma coisa do outro lado, completando seus objetivos. Eu ainda estava em estado de choque. O samurai virou a cabeça em minha direção, o cabelo grisalho espalhado pelo chão a sua volta. Esticou a mão na nossa direção e nos chamou com a voz fraca:

— Usuários...

Olhei para Vincent, que ainda estava de costas. Eu não podia deixar que Hattori partisse sem dizer o que precisava, ele tinha direito às suas últimas palavras. Era o mínimo que eu poderia fazer.

— Vincent... — chamei. — Você precisa prestar atenção...

Ele permaneceu no mesmo lugar, mas acabou cedendo. Andamos lentamente até Hattori, cada segundo e cada passo se arrastando. Amélia encarou o garoto quando nos ajoelhamos ao lado do samurai, mas a Sacerdotisa nem pareceu registrar nossa presença. Hattori tossiu, eu e os outros trocamos uma olhada rápida, certos de que ele não conseguiria falar mais nada.

Ele respirou pesadamente e, olhando diretamente para Vincent, disse:

— O que aconteceu comigo hoje tem apenas um culpado... Herobrine. — Os lábios dele se apertaram e uma lágrima escapou de seus olhos. — O Usuário está consciente do erro que cometeu e lutou lado a lado conosco pelo fim da tirania de Herobrine. Se aliou a nós, sabendo que isso poderia causar sua morte, e está aqui presente de corpo e espírito, decidido a corrigir seus erros e ajudar nosso mundo e o dele.

Com a mão livre, Hattori segurou o rosto de Alex com firmeza:

— Encontre no seu coração a chance de perdoar — ele precisou respirar fundo. — Você é uma Sacerdotisa.

Ela assentiu, os olhos azuis se enchendo de água mais uma vez.

Meu estômago inteiro se embrulhou. O que eu já havia perdido? Um coelho, alguns anos atrás, atropelado pelo carro do vizinho. Com o que eu poderia possivelmente comparar aquela dor? Eu não sabia o significado da perda, mas comecei a tomar consciência, cada vez mais, de que eu nunca mais veria Hattori. E se não fosse capaz de derrotar Herobrine, nunca mais veria nenhum de meus amigos e minha família. Alex e Amélia também morreriam, assim como Vincent. Nada sobraria no mundo. Tudo seria apenas um grande borrão negro, assim como céu morto do Mundo da Superfície.

Hattori voltou a tossir e se virou para mim e Vincent. Ouvi com atenção, absorvendo cada sílaba do que ele dizia.

— Vocês devem me prometer que não planejam desistir. A luta deve continuar. O mundo não pode ser destruído. Talvez nunca entendamos o verdadeiro significado das profecias e o motivo de cada um de vocês, Usuários, terem sido trazidos até nosso universo, mas estamos unidos por laços de uma batalha maior e mais longa que qualquer outra: a luta para viver. A luta pela liberdade. A luta para salvar a todos que amamos. E isso nunca pode ser feito sem sacrifícios.

Eu assenti, já sentindo as lágrimas escorrerem pelo meu rosto.

— Vincent — disse Hattori; sua voz já não era mais que um sussurro. — Você já esteve na posição de Herobrine. É preciso um ditador para entender um ditador. Aquele que conhece seu inimigo...

— Não precisa temer o resultado de cem batalhas — completou Vincent.

Hattori sorriu.

E, sem nenhum outro som... tudo acabou. Então aquilo era o fim, pensei. O fim de toda uma jornada, toda uma vida.

Eu e Vincent nos levantamos enquanto Alex e Amélia se despediam de seu amigo. Nos afastamos e observamos quando o corpo dele começou a se fragmentar em milhares de pedaços quadriculados, pixels sendo carregados para longe com uma brisa suave que vinha da janela. Aquilo tudo não durou mais que uns segundos.

Sacudi a cabeça.

Por mais difícil que fosse, precisaríamos manter a cabeça no lugar e afastar Hattori de nossos pensamentos. Pelo menos naquele exato momento, precisávamos nos mexer e continuar lutando. Era como dizia a música '"Till I Collapse", do Eminem:

De vez em quando você se sente cansado, se sente fraco
Quando você se sente fraco, você sente vontade de simplesmente desistir

Mas você precisa procurar dentro de você, encontrar aquela força interior
E tirar toda porcaria de dentro de você, e encontrar a motivação pra não desistir
E não ser um fracassado, independentemente do quanto você deseje cair e ter um colapso

Sim, eu não seria uma fracassada. Herobrine ainda estava presente e todos ainda estavam em perigo. Eu continuaria a lutar, até ter um colapso, encontrando a motivação dentro de mim.

Segurei minha espada com força e olhei para o Fantasma do Nether. O inimigo tinha se afastado, ocupado demais lendo palavras de um livro. Observei a mesa de encantamentos que jazia no meio da sala. O livro, antes fechado, estava agora estava nas mãos de Herobrine. Ele possuía o segredo para libertar o Dragão do Ender, mas eu não poderia permitir que continuasse com sua missão de destruir os mundos.

— Ph'nglui mglw'nafh — Herobrine começou a entoar, sua mão erguida sobre as páginas do livro.

Um vento forte começou a soprar, tão forte que jogou vários livros para longe das estantes, fazendo penas e papéis voarem pela sala inteira. Meus pés escorregaram e precisei tampar o rosto com as mãos para protegê-lo dos projéteis. Amélia e Alex tentavam se aproximar de Herobrine, mas o vento nos impedia de chegar mais perto.

— Herobrine Ender wgah'nagl fhtagn! — ele havia terminado de entoar sua magia.

Fechei os olhos quando o vento ficou ainda mais forte. Mesas eram reviradas. Alex e Amélia gritaram algo, mas eu não conseguia ouvir o que diziam. Senti que seria jogada para longe, mas uma mão agarrou meu braço e me puxou até parede, onde o vento estava mais fraco. Abri os olhos com esforço. Vincent apontou adiante, para onde Herobrine se encontrava.

Um gigantesco portal havia se aberto no chão, e todos os blocos à sua volta haviam sido sugados. Herobrine riu e atirou o livro — agora inútil para ele — em um canto distante da sala. O livro foi empurrado por uma lufada de vento até parar em nossos pés.

Pensei ter visto Vincent sorrir.

E então compreendi tudo.

CAPÍTULO 23
O HOMEM-PORCO ZUMBI

Herobrine desapareceu do outro lado do portal sem sequer nos dar uma última olhada. O vento cessou, deixando a sala em um caos completo, mas o portal permaneceu onde estava, emitindo um ruído, como se borbulhasse.

— Droga — murmurei.

Uma fumaça espessa pincelada de roxo começou a sair do portal aberto e, antes que pudéssemos pensar no que fazer, um homem-porco zumbi pisou na biblioteca, atravessando o portal. O *mob* tinha dois metros de altura. A carne rosada estava decomposta, deixando pedaços de ossos e carne expostos entre ferimentos abertos. O cheiro atingiu minhas narinas ao mesmo tempo em que ele grunhiu, brandindo seu bastão cravejado de ferros.

— Alex, Amélia! — Vincent as chamou. — Eu sei o que fazer. Conseguem ganhar tempo?

Elas fizeram que sim com a cabeça e partiram para cima do novo adversário. O monstro bateu contra o próprio peito e gritou. Um berro que não era nem animal, nem humano, algo completamente monstruoso.

— Do que você está falando? — perguntei.

Vincent se abaixou no chão, pegando o livro aos nossos pés, e me ajoelhei com ele.

— O livro — ele disse. — Lembra o que Hattori disse?

— Sobre conhecer seu inimigo?

— Sim — Vincent sorria. — Herobrine cometeu um erro fatal em sua arrogância. Algo que eu mesmo teria cometido quando era o Rei Vermelho. É muito fácil ficar cego para o que é óbvio quando temos poder demais. Herobrine sequer percebeu que praticamente nos entregou a solução para nosso problema e a sua perdição.

— O livro? — Eu sorri. Um calafrio percorrendo meu corpo, como se fosse revigorado pela esperança.

Ele começou a folhear as páginas avidamente. Perto do portal, Alex e Amélia lutavam contra o *mob* morto vivo.

— O que tem de errado com esse livro? — ele perguntou, como se a resposta fosse óbvia.

Mas é claro que era óbvia. Espalmei a mão em minha testa. O livro era muito diferente daqueles de mesas de encantamentos comuns. Tinha o dobro do tamanho, as páginas eram de pergaminho escuro, antigo, e a capa era de um azul desbotado e gasto. As palavras escritas no livro não eram naquele idioma cheio de símbolos inventados que víamos pela tela do computador. As letras escritas naquele livro eram muito claras, apesar de eu não conseguir ler o que diziam.

— É o livro da profecia — eu disse, e ele concordou.

Me coloquei bem ao seu lado, tentando ver as palavras escritas enquanto virava página por página, rapidamente.

— Se estivermos certos, esse livro não contém apenas uma forma de lutar contra Herobrine, mas também nos diz como voltar para casa.

— O que estamos procurando?

— Não sei, alguma menção aos Usuários, Herobrine ou à profecia...

— Espere! — gritei — Volte um pouco.

Vincent voltou algumas páginas, mas estava com tanta pressa que mal conseguia manejar as páginas direito. Tomei o livro de suas mãos e fui voltando devagar. Tinha certeza de ter lido as palavras "portal" e "usuários" na mesma página.

— Aqui! — exclamou Vincent, enfiando a mão numa das páginas antes que eu a virasse.

Lemos juntos o que havia escrito ali. No centro da página havia um círculo desenhado, e dentro dele, uma série de uns e zeros, iguais àqueles que apareceram no céu quando Herobrine deletou o dia. Iguais aos que vi quando me teleportei para aquele mundo. No topo da página, em letras bem claras, lia-se: "Manual de Programação de Usuários 101: Ponto de desova". Nos entreolhamos. Parecia um texto antiquado, como se fosse alguma espécie de tutorial, só que sem fazer muito sentido. Envolvia sangue, entoar algumas palavras desconhecidas e desenhar o símbolo da página no chão, com o sangue de quem realizava o desejo.

Ainda cruzando olhares, assentimos com a cabeça.

— É agora ou nunca — ele disse.

Desenrolou a tira de camiseta que protegia seu ferimento na perna e fiz o mesmo com o curativo em minha mão. Arranquei a casquinha que já havia se formado, ignorando a dor pungente.

Esfreguei a palma no chão, desenhando um círculo com o líquido vermelho. Ele fez o mesmo, usando os dedos para desenhar cada número no círculo como no diagrama do livro. Alguns numerais saíam disformes, mas não deixamos aquilo nos abater. Em pouco tempo, o desenho estava pronto. Agarramos o livro juntos, sujando suas páginas de vermelho, e começamos a entoar juntos as palavras ditas nele.

O efeito de antes se repetiu: ventania, lufadas de ar que carregaram objetos, a poeira cortante em nossos olhos; mas não paramos de ler. Segurei as páginas que esvoaçavam e aproximei o rosto do livro para conseguir enxergar as palavras. Fizemos como mandava o ritual, e repetimos a frase de novo e de novo e de novo, cada vez mais fluentemente, e cada vez mais o vento brandia em nossos rostos. O homem-porco zumbi soltou um guincho agudo ao ser atingido por algo cortante.

Amélia e Alex se agarraram a uma estante próxima, tampando os olhos com as mãos, protegendo-os da poeira.

— Espero que isso funcione! — gritou a mercenária.

A ventania começou a diminuir, e o som de um relâmpago e um clarão amarelado tomaram conta da biblioteca. Olhei na direção do som e o que vi não parecia possível: havia um rasgo na realidade, uma ruga na dobra do tempo.

```
0101010101110011011101010110000101
1100100110100101101111011100110010
1100001000001110110011001010011011
1001101000011000010110110100101110
```

CAPÍTULO 24
CORTE NA REALIDADE

A luz cegou a todos. Era como a explosão de uma bomba atômica bem diante de nossos olhos. Pisquei diversas vezes quando o clarão passou, sem conseguir enxergar nada. Em poucos instantes minha visão voltava ao normal, mas esfreguei os olhos algumas vezes. Pareciam embaçados, vendo coisas que não deveriam estar ali. O "rasgão" no meio do ambiente se abrira ainda mais, permitindo que eu visse — a não ser que minha sanidade houvesse desaparecido — uma cena comum.

Do outro lado da cortina do mundo, Mallu e Arthur, meus vizinhos, estavam sentados ao computador. Os dois olhavam diretamente para mim. Me olhavam tão surpresos quanto eu olhava para eles. Na tela do computador deles, uma série de números uns e zeros rolava eternamente.

— Punk-Princess166 e Noobie Saibot — disse Vincent, com uma risada sem graça. Parecia satisfeito e, ao mesmo tempo, irritado com a visão.

— Espera um segundo... — falei, confusa — *Esses* são os Usuários lendários dos quais todo mundo fala?

— Sim — respondeu ele — São só jogadores normais como eu e você. O tempo que se passou do lado de cá que se certificou que eles se tornassem lenda...

Ia terminar a sentença, dizendo que havia algo errado e que aqueles eram meus vizinhos, mas não tive tempo. Arthur e sua irmã sorriram e, sem vacilar, atravessaram o portal entre os dois mundos. As roupas que usavam se transformaram, substituídas por armaduras azuladas. O portal atrás deles começou a se fechar, enquanto pixels e bits começaram a se concentrar em suas mãos, criando espadas de diamantes reluzentes e afiadas.

Meus olhos mal conseguiram acreditar no que eu via. Mallu empunhou a espada com convicção e partiu contra o homem-porco zumbi, desfazendo-o em pedaços com um único golpe. Como aquilo poderia ser possível? Ela era minha vizinha que ouvia música alta e brigava com o irmão, não *poderia* ser uma lenda do Mundo da Superfície! Eu nem sabia que eles jogavam Minecraft, para começo de conversa. Mas aquilo no que eu acreditava ou não era irrelevante. Eles estavam logo ali na minha frente, servindo de prova concreta e incontestável.

O alarido causado pelo surgimento do portal havia chegado ao fim, e meus vizinhos cumprimentavam Amélia e Alex de forma saudosa, como amigos distantes que não se viam há muito tempo.

— Achei que nunca mais colocaria meus pés aqui! — disse Mallu — ou melhor, Punk-Princess166, como Vincent me avisou que ela gostava de ser chamada.

Houve uma risada da Sacerdotisa.

— E nós achamos que nunca mais os veríamos, moleques — falou Amélia, parecendo satisfeita com aquela surpresa.

As duas *mobs* adultas se voltaram para mim e para Vincent.

— Como vocês fizeram isso? — indagou Alex.

Eu estava prestes a responder, mas percebi um olhar frio tomando conta do rosto dos Usuários recém-chegados. Vincent, que permanecia calado, não desviou o olhar. Torci para que nenhuma briga irrompesse entre eles naquele momento. Arthur deu alguns passos em nossa direção, parando bem no local onde antes estivera o corpo de Hattori.

— Eu vou te deixar em paz para honrar Hattori — disse o garoto, com uma pontada de desgosto na voz.

— Não temos tempo a perder com besteiras, cabeça de abacate — acrescentou sua irmã, claramente se referindo a Vincent. — Vamos lutar.

Não pareciam satisfeitos com a presença do garoto, mas assim como eu, sabiam que aquele não era o momento para cobrar dívidas passadas; precisariam trabalhar juntos se quisessem sobreviver.

— Espere um pouco — titubeou Alex. — Vocês sabem o que aconteceu com Hattori?

— Sim — responderam em uníssono.

— Tudo isso aqui virou um grande evento no mundo real — explicou Punk-Princess166.

Arthur deu um passo adiante para contextualizar a situação:

— Herobrine já afinou tanto a barreira que separa os dois mundos que os jogadores começaram a ver tudo que acontecia aqui. Começou pequeno, sabe. O monitor piscava, sua casa sumia e de repente, víamos vocês. Foi acontecendo cada vez mais, com mais jogadores. Já existem fóruns inteiros dedicados a discutir o assunto. A maioria das pessoas acha que é apenas um evento de publicidade, mas Mallu e eu sabíamos a verdade...

— Estamos há dias buscando uma forma de voltar para cá — a garota se voltou para mim — O tempo entre os mundos está sincronizado agora. Seus pais já chamaram a polícia, e tem folhetos com o seu rosto em cada poste, Bia.

Meu estômago despencou vários metros. Achei que ia vomitar, não fazia a menor ideia de como poderia explicar aquilo quando voltasse. "Oi, mãe, eu estava dentro de um jogo de videogame lutando contra um imperador do mal, você sabe como é..." Minha mãe me mataria (depois de um abraço e choro pelo reencontro, ela certamente me mataria). Comecei a pensar nela e no meu pai, e no quão preocupados estariam. Prometi ser uma filha melhor quando voltasse, comendo nas horas certas e mostrando a eles o quanto eu me importava.

Foi a vez de Arthur de falar:

— A escola está cheia de cartazes com a sua cara, Vincent.

Ele comprimiu os lábios e levou a mão ao rosto. Quanto tempo será que já havia se passado desde que fora arrebatado do mundo real?

— Não acho que ninguém esteja muito preocupado com meu paradeiro — falou Vincent, me fazendo encará-lo nos olhos. — Não tenho tempo para pensar nisso, preciso lutar.

— Cale essa boca, Vincent. Se você não parar de falar asneiras eu vou chutar sua bunda tão forte que você vai voando de volta pra realidade.

Ele permaneceu em silêncio.

Punk-Princess166 se aproximou de mim e disse:

— Vamos ter tempo para lamentar e chorar a morte de Hattori, conversar com nossos pais e resolver tudo. No entanto, agora precisamos ir atrás de Herobrine... Afinal, do foi que Vincent o chamou mesmo?

— Punhado inútil de bits — respondeu Arthur.

— Isso — o sorriso cortou todo seu rosto — Ir atrás daquele punhado inútil de bits que se acha o maioral do mundo de Minecraft.

E ali estávamos, quatro jogadores de Minecraft unidos em uma missão que poderia nos custar muito mais que alguns itens e pontos de experiência.

CAPÍTULO 25
NOVOS PLANOS

Os jovens não tiveram muito tempo para trocar amenidades. Logo, mais monstros foram surgindo do portal aberto por Herobrine. Aquele portal não parecia comum, como eram os caminhos que levavam ao Mundo Ender. Sem contar que todo tipo de *mob* começou a escalar por suas bordas, invadindo a biblioteca.

— Nós tivemos tempo para nos preparar antes de vir para cá — disse Punk-Princess166, remexendo um bolso por dentro da armadura de diamantes. — Estávamos só esperando uma brecha.

A garota fez uma expressão de quem finalmente encontrava aquilo que procurava. Tirou dois vidrinhos de poção do bolso, os quais reconheci, cheia de espanto. Eram poções de vida. Imaginei se aquelas coisas funcionariam ali. Rapidamente tive a comprovação de que realmente funcionavam: assim que eu e Vincent as bebemos, nossos ferimentos se fecharam e me senti pronta para continuar a lutar por um dia inteiro.

Alex e Amélia derrubaram os primeiros monstros que invadiram a sala. Vincent mostrou o livro a todos.

— Podemos fechar o portal mais uma vez, mas pode demorar um tempo — disse ele.

Balancei a cabeça negativamente.

— Tempo que não podemos perder — respondi. — Se vocês puderam assistir toda essa luta da sua casa, Herobrine já está perto de unir os dois mundos e destruir toda a existência.

— Ela está certa! — exclamou Alex, retesando o arco e acertando uma flecha bem na cabeça de um *enderman*.

— Vocês devem ir atrás dele — sugeriu Amélia, sem parar de golpear. — Ficarei aqui defendendo Alex enquanto ela fecha o portal.

— Mas...

Amélia me interrompeu:

— Mas vocês precisam ser rápidos e voltar aqui antes de o portal se fechar, ou ficarão presos lá para sempre.

Trocamos um olhar rápido. Aquilo parecia ser a mais completa e enorme loucura, contudo, sabíamos que era necessário impedir que nosso inimigo saísse do outro lado. Iríamos abraçar aquela chance de pôr um fim em tudo, sem fugir, sem correr, sem atalhos. Éramos quatro Usuários contra um Herobrine, mas seria o bastante?

Como se estivesse lendo minha mente, Vincent falou:

— Não estamos atravessando o portal para derrotar Herobrine — seu tom era controlado. — Isso agora é impossível.

Punk-Princess166 concordou:

— Ele foi buscar o dragão. Nosso trabalho é impedi-lo de voltar, prendendo os dois para sempre no fim do mundo.

— O Mundo Ender não é um lugar agradável — falei, lembrando-me de todas as vezes em que tinha ido até lá.

Não passava de uma vastidão feita de pedra do fim, recheada de *endermen* e com o dragão sobrevoando a cabeça de qualquer jogador. Meu coração acelerava só de me imaginar naquele espaço. Em vez de estar protegida por uma CPU e um avatar, eu estaria cara a cara com o pesadelo. Definitivamente, o pior passeio de minha vida.

— Precisamos ir agora, antes que seja tarde — Vincent olhou para mim. — Pronta?

— Essa nasci pronta — respondi com uma confiança que não existia dentro de mim.

Nós quatro fizemos um gesto de cabeça e corremos na direção do portal, as espadas em mãos, desviando e golpeando todo *mob* que se colocasse em nosso caminho. A esperança de um dia melhor havia ido e voltado várias vezes nos últimos dias, como uma gangorra que não se decidia onde parar, e Herobrine parecia sempre um passo à frente. Mas, como Vincent havia dito, Herobrine era orgulhoso; tão arrogante que cometeu o erro absurdo de deixar o livro de lado. Passou a desacreditar tanto em seus inimigos que os deixou vivos, entrando no portal sem nada além de um bando de *mobs* inúteis para defendê-lo.

Eu estava pronta para voltar para casa, e sabia que meu amigo também estava. Terminamos de atravessar a biblioteca e Punk-Princess166 e Arthur pularam primeiro no portal borbulhante. Pisei na borda da passagem e olhei para Vincent ao meu lado. Estendi a mão e ele a segurou. Nos inclinamos para frente e deixamos nossos corpos caírem para dentro da escuridão.

Era hora.

NOÇÕES SOBRE O MUNDO DA SUPERFÍCIE

O DRAGÃO DO ENDER

Por Punk-Princess166

O Dragão do Ender, ou Dragão do Fim, é assim conhecido por ser um dos objetivos de Minecraft (se é que Minecraft tem algum objetivo).

Ele é uma espécie de último chefe. Um desafio e tanto para qualquer jogador, experiente ou não. A dimensão onde vive só pode ser acessada por algum dos poucos portais existentes no mundo. O Mundo Ender é majoritariamente ocupado por centenas de *endermen*.

O dragão, que é uma fêmea, sobrevoa a cabeça do jogador, cuspindo ácido e dando rasantes que podem tirar uma quantidade razoável de vida.

Não é a pessoa mais legal de se ter ao lado numa noite escura...

Ou acima de você.

CAPÍTULO 26
O FIM

É de se imaginar que a essa altura do campeonato eu já estava mais do que acostumada a atravessar portais, e que eles não me causavam nenhum tipo de mal-estar. Ledo engano. Era como nos parques de diversão que ia com meus primos: eu sempre era a primeira a ficar enjoada, por isso sempre deixava a montanha-russa por último.

O mundo distorcido do portal se desfez diante dos meus olhos, e, antes que eu pudesse olhar em volta, senti a mão de Vincent na minha cabeça forçando-a para baixo, me obrigando a ver meus pés de All Stars brancos imundos.

Todos faziam o mesmo, os olhos indo de um rosto ao outro.

— Eles estão em todos os lugares — reclamou Noobie.

Um *enderman* roçou meu braço e um calafrio sacudiu meu corpo. Engoli em seco. Como iríamos andar naquela multidão de *enderman* sem sermos mortos?

— Alguém aí tem uma máscara de abóbora no bolso? — perguntou Vincent, desconfortável quando um dos *mobs* esbarrou nele.

— Não deveria ter tantos assim. Que droga — xingou Punk-Princess166. — Que droga gigantesca.

— Teremos que andar de cabeça baixa. Ou olhando para o céu — falei.

— Olhando para cima é muito mais realista, considerando nossa situação — concordou Vincent. — Visto que logo logo o dragão vai passar voando sobre nossas cabeças.

— O que será que acontece se formos atingidos por ácido neste mundo? — perguntou Noobie.

— Nada bom, imagino — respondeu a irmã. — Precisamos andar. Não temos tempo.

Atrás de nós, podíamos ver claramente o borrão que era o portal de onde havíamos vindo. Ele parecia mais claro agora, mas torci para que fosse apenas minha mente sugestiva me apressando.

Andamos juntos, de cabeça baixa pela multidão de braços e pernas negros. Os *mobs* se teleportavam de um lado para o outro com estampidos e nuvens roxas, e eu me sobressaltava toda vez que um deles esbarrava em mim. O chão era todo feito de pedra do fim, formando um mar esverdeado.

Olhei para cima, sobre as cabeças dos *enderman*, e logo pude ver as torres negras que sustentavam os cristais que lhe davam vida, emitindo brilhos arroxeados.

Assim que nos aproximamos ainda mais do centro do grande salão, pudemos ouvir o berro ensurdecedor do dragão.

Cada pelo de meu corpo se arrepiou com a visão. Ao meu lado, meus companheiros pareciam ter a mesma reação. Nenhuma experiência que pudéssemos ter tido jogando Minecraft se comparava àquilo, àquele dragão gigantesco, negro, de olhos de um púrpura profundo.

O chão tremeu com seu urro, e ele bateu as possantes asas na nossa direção, pronto para dar um rasante e nos atingir com suas garras.

— Para o chão! — Vincent gritou, e me joguei no piso de pedra, colando meu nariz bem firme ao solo.

A pata da criatura passou a poucos centímetros das minhas costas e logo me ergui, virando para trás.

Lá, montado sobre o dragão, estava Herobrine, brandindo sua espada e obrigando a criatura a dar a volta para nos atacar uma vez mais.

Do meu lado, Punk-Princess166 chamou nossa atenção.

— Lembrem-se que só precisamos ganhar tempo. Ninguém se coloque em perigo desnecessário, por favor.

Eu fiz que sim, alongando ligeiramente meus braços e pernas.

— Quem será que parece mais apetitoso? Eu e você? — olhei para Vincent — Ou Mallu e Arthur?

— Punk-Princess166! — ela gritou, ultrajada — E Noobie Saibot! Não vim até esse mundo para ser chamada pelo meu nome de nascimento.

Deixamos o debate de lado e corremos, eu e Vincent para um lado, e os irmãos para outro, fazendo o dragão se confundir e estancar sem progresso, pousando no chão onde estivéramos pouco antes.

Corri até uma das colunas e colei as costas na obsidiana, ao lado de Vincent. Lá longe, vi nossos colegas fazendo o mesmo.

— Somos como patos desprotegidos em um lago — reclamou Vincent, espiando pela quina da coluna.

Lá atrás o dragão gritava, frustrado por não abocanhar suas vítimas.

— O que a gente faz? — perguntei. — Não podemos ficar correndo de um lado pro outro. Ele vai nos acertar em algum momento.

— Herobrine parece entretido. Não parece fazer ideia de que está perdendo tempo.

— E se matarmos esses *enderman*?

Vincent me lançou um olhar longo, desconfiado. Eu continuei com minha linha de raciocínio.

— Pensa só: podemos usar as pérolas deles para nos teleportar de um lado ao outro daqui. Se o dragão chegar perto de nós, pelo menos podemos fugir bem rápido.

Ele concordou, empunhando a espada.

Ouvimos o som estridente do grito de um *enderman*, seguido do rugido do dragão. O que será que estava acontecendo?

Mirei as costas de um *enderman* que passava por mim distraidamente e saltei sobre ele com força, minha espada apontada para sua cabeça.

A lâmina atravessou a nuca da criatura, que se debateu. Fiquei pendurada pelo cabo da espada e Vincent o golpeou nos joelhos, fazendo-o cair e me dando a oportunidade de forçar a espada para dentro, aniquilando o *mob*.

Agilmente, Vincent fez um corte no peito do *enderman* e arrancou de dentro dele uma grande pérola, coberta pela gosma que era seu sangue.

Nossa pequena luta atraiu a atenção do dragão, que veio trotando de onde estava. Herobrine, acima dele, gritou:

— Acabe com eles, AGORA!

Estendi a mão na direção da pérola e a agarrei. No instante seguinte, estava ao lado de outra coluna, bem na frente de Punk-Princess166 e Noobie Saibot, que arfavam como se tivessem corrido muito. Perto dali, uma poça de ácido queimava sobre o chão.

— Vocês o distraíram bem a tempo — disse Noobie Saibot, mostrando que ele mesmo tinha outra pérola.

O dragão farejava o solo e, com um tranco, voltou a subir no ar batendo as pesadas asas e circulando o salão. Não demorariam a ser encontrados.

Punk-Princess166 revirava os bolsos e foi tirando dele mais alguns frascos de poção e um arco enfeitiçado.

— Como você fez isso? — perguntei, surpresa. Era como se tivesse um inventário inteiro ali dentro.

Ela sorriu.

— Eu disse que tinha me preparado para este momento. Tinha deixado minha personagem completamente equipada, e parece que trouxe tudo para cá comigo.

— Não fique tão feliz, princesa — disse Vincent — Isso só quer dizer que o véu que separa os mundos está cada vez mais tênue.

— Deixa de ser estraga-prazeres. Isso pode até ser algo ruim, mas se podemos aproveitar a brecha, por que não?

— Todos os jogadores do mundo devem estar nos observando agora — disse Noobie Saibot. Ele apertou os olhos quando o dragão deu um urro particularmente alto.

Eu bufei.

— Só espero que eles percebam que nada disso é apenas um jogo. — Olhei em volta, me perguntando se estava mesmo sendo observada por milhares de pessoas. — Se eles realmente estão olhando, e se você pode interagir com o mundo real alcançando seu inventário... será que eles podem fazer o mesmo?

— Chegar até aqui, você quer dizer? — Vincent perguntou.

— Não sei — respondi. — Mas fazer um *cheat* e ativar o modo pacífico seria bem útil.

Punk-Princess166 riu.

— Como é bom sonhar!

Nossa conversa foi interrompida na forma de garras que envolveram toda a coluna onde nos escondíamos. A garota distribuiu os frascos em sua mão, e todos bebemos avidamente.

Eram poções de velocidade, e logo cada um de nós correu em direções opostas, muito mais velozes que as asas do dragão.

Punk-Princess166 aproveitou que o *mob* estava distraído e o atingiu com uma porção de flechas. Eu sabia que nada daquilo iria feri-lo de verdade, já que os cristais ainda brilhavam com força sobre as torres, mas serviria para mantê-lo ocupado.

Noobie se aproximou da irmã com a espada em punho, golpeando o flanco do dragão com força, fazendo-o gritar.

Herobrine não parecia feliz.

A cauda do dragão balançou com força, atingindo os dois irmãos e os arrastando para longe dele, que voltou aos céus, voando bem alto. Consegui me desviar de uma bola de ácido que cuspiu em mim antes de se afastar mais uma vez.

— Por quanto tempo ele vai ficar distraído? — Vincent perguntou, e se voltou para onde Punk-Princess166 e Noobie Saibot se levantavam do chão, correndo até se esconder atrás de uma das torres novamente.

— Não acho que ele se importe — respondi. Herobrine ria, se vangloriando de ter um dragão poderoso sob seu comando. — Ele acha que estávamos tentando matá-lo. Não faz ideia de que só queremos que perca tempo.

— Se quisermos que isso continue, precisamos parecer convincentes.

— Eu sei. Mas como fazer isso sem morrer?

Vincent olhou para cima, apontando o cristal no topo da torre.

— Não atacando o dragão — ele respondeu. — Venha comigo.

Era óbvio. Se atacássemos os cristais, poderíamos tentar manter uma distância segura do dragão, sem deixar tão na cara que estávamos apenas matando tempo.

Nós dois corremos, aproveitando os últimos segundos de efeito da poção de velocidade para chegar até os irmãos.

Noobie Saibot tinha o rosto todo ralado da queda e Punk-Princess166 não parecia nem um pouco feliz.

A luta havia apenas começado.

CAPÍTULO 27
LIVESTREAM

Punk-Princess166 saiu correndo, circulando cada uma das torres enquanto o resto de nós distraía o dragão com ataques calculadamente fracos e comedidos, sempre mantendo uma distância segura do monstro.

Herobrine ria, como se a batalha já estivesse vencida.

— Eu lhes dei uma chance de viver por mais alguns dias na paz do seu mundo — ele disse lá do alto, ficando de pé sobre o dragão. — E vocês escolheram voltar e morrer pelas minhas mãos.

— É aí que você se engana, paspalho! — gritou Punk-Princess166, acertando uma de suas flechas em um dos cristais que desapareceu numa explosão.

O dragão pareceu sentir aquilo e disparou na direção dela, bufando, preparado para cuspir uma bola de ácido.

— Corra! — gritei para ela.

Disparei na direção do dragão, tentando chamar sua atenção. Ele me ignorou, mais interessado naquela que havia destruído seu cristal.

Noobie Saibot e Vincent correram juntos, atingindo o dragão nas patas de trás com suas espadas, e a criatura logo voltou ao ar, apenas para dar a volta em si mesma e acertar cada um deles com uma de suas asas. Punk-Princess166 alvejou o inimigo com suas flechas, gritando de raiva.

Herobrine saltou ao chão e veio diretamente a mim, me olhando com desprezo. Apertei os punhos, sabendo que não tinha chance alguma contra ele. Lá atrás, Vincent se comprimia contra a parede, e o dragão tomava novo fôlego para atacá-lo.

Parecia apropriado que encontrássemos nosso fim ali, no mundo do Ender.

Herobrine fez um gesto com as mãos e logo os *endermen* começaram a atacar, mesmo sem os olharmos. Punk-Princess166 decapitou um deles e atingiu outro, mas eram muitos e ela logo foi subjugada, sendo atingida no estômago e no rosto.

Noobie Saibot gritava, atacando o dragão, mas o *mob* não se distraía de seu objetivo de acabar com Vincent, que o olhava com terror estampado no rosto.

— Observe seus amigos, garota — disse Herobrine —, saiba que cada um deles será morto por minha causa, e que, em breve, o mesmo destino acometerá seu mundo e cada ser humano, *mob* e criatura.

— Você *realmente* acha que nós vamos deixar isso acontecer?

Ele sorriu com escárnio.

— Como se vocês tivessem o poder de me impedir. Esta luta aqui? Não passa de uma brincadeira. Um aquecimento para que eu aprenda a cavalgar o dragão.

Punk-Princess166 desapareceu usando uma pérola. Vi-a com o canto dos olhos, resgatando Vincent no último segundo. Uma gigantesca bola de ácido roxo queimava todo o local onde ele estivera.

Herobrine não pareceu notar.

— Sabe qual o seu problema, Fantasma do Nether? — perguntei, sorrindo, sabendo que isso o deixaria irritado. — Você não tem ideia do que somos capazes. Cada bloco que você pisa, cada pixel do qual você é feito, foi criado por nós.

Eu relaxei, sabendo que meus amigos estavam em segurança do dragão. Me afastei alguns passos de Herobrine; não queria mais falar com ele, mas com todos que nos observavam. Não era possível que fôssemos intocáveis. Os efeitos do Rei Vermelho e de Herobrine puderam ser sentidos por mim no mundo real. Por mim e por todos, com toda a destruição de mapas e biomas e aniquilamento de servidores inteiros. Era como um vírus que afetava os dois mundos.

Olhei para cima:

— Isso que vocês estão vendo não é uma campanha publicitária. Isso que vocês estão vendo é real. Hattori? Ele está *realmente* morto! — bufei. — Nós? — apontei meu próprio peito. — Estamos aqui, e cada ferida, cada respiração e cada palavra que sai da nossa boca é tão real quando a tela para a qual vocês estão olhando. Quantos de vocês tiveram construções destruídas pelo Rei Vermelho? Quantos de vocês acordaram e viram que seu mundo inteiro havia sumido do servidor? Quantos de vocês estão reconhecendo meu rosto, ou os de meus colegas?

Com um estalo, Vincent, Noobie Saibot e Punk-Princess166 apareceram do meu lado. Eles olhavam para cima, deixando seus rostos bem à mostra.

— Precisamos de toda ajuda que pudermos conseguir — disse Noobie Saibot. Havia um corte enorme em seu rosto.

— Que tipo de jogadores vocês são se só ficarem observando? — perguntou Punk-Princess166.

— Se ele pode afetar vocês — Vincent gritou, apontando Herobrine — ... se *eu* pude afetar vocês, vocês podem atacar de volta. Podem conseguir nos alcançar!

Um longo silêncio se fez ouvir no salão.

O dragão pousou, parando de bater suas asas.

Os *endermen* pararam de estalar, rir e gritar, balançando seus braços sem mover as pernas.

Nossa respiração ficou presa, com medo e expectativa; na nossa frente, Herobrine apenas cuspiu uma risada contida, recheada de puro desprezo.

Algo branco invadiu meu campo de visão. Olhei para baixo, para a esquerda, e vi, com um sorriso enorme se abrindo na minha cara, uma mensagem escrita em letras brancas e quadriculadas.

As letras flutuavam no ambiente, claras como o dia:

```
/difficulty 0
```

A mensagem começou a se repetir pelo ambiente, flutuando no ar em toda nossa volta.

As pessoas que nos assistiam haviam digitado o *cheat* nos seus computadores, afetando o Mundo da Superfície.

Com a dificuldade zero, o jogo foi modificado para o modo pacífico, e todos os *endermen* a nossa volta começaram a desaparecer, um a um.

Herobrine urrou de raiva, brandindo a espada em nossa direção. Corremos para o lado, fugindo de seu ataque.

À minha frente, uma nova mensagem apareceu:

〖Chat〗 Zombie_Master: Bia, tô acompanhando vocês há dias, não vão morrer agora igual um bando de noobs.

— Ah! Cale essa boca! — gritei, mas sorrindo.

Aquelas mensagens começaram a pulular por todo lado. Estavam no chão, nas colunas, no dragão, sobre a cabeça de Herobrine e no ar a nossa volta.

O Fantasma do Nether gritava, tentando atingir as mensagens que não podiam ser tocadas.

〖Chat〗 Tommie_VIP: Vincent, a gente não se importa de você ter destruído nosso servidor inteiro, desde que ACABE COM A RAÇA DESSE HEROBRINE.

〖Chat〗 Love-CAT: POR FAVOR não desistam, esse é meu mundo e meu jogo preferido também!

〖Chat〗 Honey-pandaBear45: Não deixem ele vir pro nosso planeta!

〖Chat〗 JudieCorn: Vocês não sabem a sorte que têm de estarem dentro do jogo! Vocês PRECISAM salvar nosso jogo favorito!

〖Chat〗 MARI_Chan: Eu SEI que vocês conseguem!

[Chat] Rainbow-SIX: Parece assustador lutar contra ele, mas façam isso por nós, por vocês, por todos!
[Chat] CLOUDY_bird: PUNK-PRINCESS166, PFVR ME DÁ SEU EMAIL <3
[Chat] LukeLuke: AVANTE!
[Chat] QueenBee: Acreditamos em vocês, Usuários!

Nos unimos novamente, lado a lado, com as espadas em punho. Na frente de cada um de nós, novas mensagens começaram a aparecer. Os espectadores começaram a usar *cheats* e novas espadas surgiram em nossas mãos, fulgurando com o típico brilho dos encantamentos. O mesmo ocorreu com nossos corpos, e uma armadura brilhante logo me cobriu por inteiro.

Meus pés ficaram mais rápidos, eu podia pular mais alto e sentia uma força extrema percorrendo meus braços. Agradeci mentalmente pelas mensagens de apoio e por acreditarem em nós. Então, nós quatro, com um grito vitorioso, voltamos a atacar Herobrine, que se contorcia de raiva.

— Vou matar cada um de vocês — disse ele, mas as mensagens não pararam de vir.

Minha lâmina se encontrou com a dele, e vi que agora eu não era mais uma fraca garotinha contra um monstro. Chutei-o no peito habilmente, afastando-o e atacando mais uma vez. Vincent se uniu a mim e revezamos nossos ataques, estocando um de cada vez. Herobrine ia se afastando, proferindo impropérios à medida que ficávamos mais fortes com os códigos digitados pelos jogadores que nos assistiam.

Vincent vestia uma armadura toda vermelha e sua espada parecia feita de rubis, mas ele não pareceu se importar com aquela lembrança de seu passado.

Punk-Princess166 e Noobie Saibot lutavam contra o dragão, que se debatia contra as flechas e bolas de neve que o atingiam. Alguém pareceu lhes dar uma dinamite, e os dois correram para jogar o objeto no dragão.

A explosão ecoou por todo o ambiente, abrindo uma ferida enorme no peito da criatura. Mas não tínhamos muito mais tempo: lá longe, o portal ficava cada vez mais pálido. Bia só percebeu isso quando mensagens apareceram, avisando-os do perigo.

`[Chat] SiLvInHa:` **VOCÊS PRECISAM CORRER!!!**
`[Chat] Zero-Zero:` **DEPRESSA!**
`[Chat] Mermaid-Lider:` **VÃO LOGO!**

Aquilo serviu para apressá-los, mas também fez com que Herobrine percebesse nosso plano. Começamos a correr na direção do portal, e Herobrine, mesmo ferido com um talho aberto no peito, veio em nosso encalço.

As mensagens nos incentivavam a correr, e o encantamento em nossas botas nos permitiram ir muito mais rápido que Herobrine. Porém, quando eu já estava bem perto da abertura do portal pálido que se fechava, ouvi um grito estridente. Olhei para trás e Noobie Saibot e Punk-Princess166 pararam de meu lado.

`[Chat] Dinosaur_King:` **Não!!!**
`[Chat] Fans-of-Vincent:` **Morde ele!**

[Chat] Bunny-Pie: `Vincent!!!11!`
[Chat] RedQueen: `Você consegue fugir, por favor!!`

Ignorei as mensagens que ocupavam o espaço à minha volta. Lá atrás, Herobrine havia capturado Vincent e o segurava com a espada rente ao pescoço.

— Vocês vão parar de fechar o portal NESTE INSTANTE! — esbravejou ele.

Herobrine sabia que não tinha chances contra nós quatro mais todos os outros jogadores do mundo.

Franzi o cenho, agarrando a espada.

— Mais uma — falei.

Em segundos, outra espada surgiu na minha mão esquerda.

— Teleport — falei a seguir.

Mensagens pularam na tela com o comando para me teleportar para trás de Herobrine, e num átimo de segundo lá estava eu, atingindo-o nas costas.

Vincent se soltou, agarrou minha mão e corremos em disparada, Punk-Princess166 e Noobie Saibot em nosso encalço. O portal agora não era mais que um risco embranquecido. Pulamos em sua direção e senti um repuxo no centro do meu corpo.

Tudo girou à minha volta e meus pés bateram no chão de madeira da biblioteca.

Herobrine estava preso para sempre no mundo do Fim.

VIDA APÓS A BATALHA

USUÁRIOS UNIDOS

Estávamos de volta. Ali, caídos no chão, cobertos de machucados, sujos e cansados, mas completa e absurdamente aliviados. Herobrine estava aprisionado no fim de tudo, e o Mundo da Superfície podia começar a se curar. Quando qualquer pessoa já teria desistido ou entregado os pontos, nós continuamos — apesar de tudo, apesar das perdas impossíveis que havíamos sofrido. Alex e Amélia mataram mais alguns monstros e vieram correndo em nossa direção, nos envolvendo em abraços apertados.

— Acho que tivemos um pouco de sorte — disse Arthur. — Finalmente chutamos o traseiro daquele idiota. Acabamos ficando sem tempo da última vez.

— É — disse Punk-Princess166. — Ele notou que a gente ia apagar aqueles olhos brilhantes e nos mandou de volta para o mundo real. Justamente quando eu estava começando a me acostumar com este lugar.

Eu me obriguei a sorrir, ao mesmo tempo em que Vincent se aproximou de mim e enfiou as mãos nos bolsos.

— Acho que sei o que vai acontecer agora — disse ele enigmaticamente. — Se os meus cálculos estiverem corretos.

A outra Usuária olhou de soslaio para meu amigo de viagem antes de disparar uma pergunta:
— Do que você está falando, cabeça de melão?
Vincent sorriu.
— Eu fiz uma coisa enquanto invocava os Usuários — ele respondeu. — Prestem atenção, em alguns...
O garoto não terminou sua frase, interrompido pelo som de um trovão e por um brilho vermelho que varreu todo o lugar. Fechei meus olhos momentaneamente e os abri devagar, como se estivesse esperando algum monstro surgir na minha frente, mas o que encontrei foi o total oposto. Havia luz, abundância de luz em cada canto... A noite eterna havia desaparecido e todos os monstros restantes queimavam sob o Sol enorme e forte.
— Como você fez isso? — perguntei. — Eu tinha certeza de que Herobrine havia destruído o Mundo da Superfície para sempre.
Amélia deu uma risada.
— Você reiniciou o mundo e fez um novo Sol desovar — deduziu ela. — Cara, eu *quase* lamento ter duvidado de você.
— Não se preocupe, eu também teria duvidado de mim se estivesse no seu lugar — ele respondeu e se deitou no chão, finalmente permitindo que o descanso o encontrasse. — Me acorde no ano que vem, ou no próximo.
Tudo estava em silêncio. As vozes de centenas de jogadores haviam sido silenciadas, monstros haviam queimado e agora estávamos ali, sozinhos no meio da biblioteca. Uma parte de mim sentia vontade de imitar

Vincent, mas, como que lendo minha mente, uma voz soou alta atrás de mim.

— Infelizmente — disse Arthur. — Não acho que vai ser possível. Terminamos a nossa missão por aqui e precisamos ir embora. Todas as vezes em que Usuários permaneceram aqui por muito tempo, coisas ruins aconteceram.

Olhei para ele, sabendo que era verdade, mas sem saber como dizer adeus para aquelas pessoas que eu havia conhecido ali, para o Hattori Hanzō, que havia morrido, e para todos que lutaram. Por algum motivo que eu não sabia explicar e totalmente contra a minha vontade, lágrimas rolaram do meu rosto.

— Não chore, garota — disse Alex. — O Mundo da Superfície está em paz por sua causa e de seus amigos. Não lamente o fim, mas fique feliz por termos compartilhado uma jornada. Enquanto você carregar este mundo dentro de você, estaremos todos unidos.

— É — disse Punk-Princess166. — Você ainda tem a oportunidade de se despedir. Da última vez Herobrine nos mandou embora sem que pudéssemos dizer "tchau".

Enxuguei minhas lágrimas e assenti com a cabeça. Eu não esqueceria aquele mundo, não me esqueceria de nenhum detalhe.

Arthur se aproximou de nós, com o livro de rituais aberto numa página.

— Precisamos voltar para casa — disse ele. — Nossos mundos ainda estão sincronizados e não podemos ficar aqui por muito tempo.

Alex pegou o livro enquanto todos nós, Usuários, nos reuníamos em um grupo. Tentamos fazer as despedidas o mais rápido possível, com Amélia me dando uma pedra vermelha ("só uma lembrancinha", disse ela, "nada de mais"). Ela fez o mesmo pelos outros e deu um abraço em cada um, e o gesto foi imitado pela Sacerdotisa, que, quando chegou em Vincent, murmurou alguma coisa no ouvido do garoto, alguma coisa que o fez balançar a cabeça afirmativamente e sorrir.

— Preciso que segurem as mãos uns dos outros — disse a Sacerdotisa. — Não quero que ninguém se perca entre um mundo e outro.

Obedecemos, nossas mãos se tocando, eu entre Vincent e Arthur. Alex começou a recitar algumas palavras do livro e a fazer alguns gestos com as mãos. Eu sabia que estava funcionando, pois meus dedos formigavam e uma luz azul começava a nos envolver.

— Eu não tenho nada esperando por mim do outro lado — disse Vincent. — Absolutamente nada.

— Deixe de ser idiota — respondi. — Nós somos os Usuários que salvaram o Mundo da Superfície, temos uns aos outros.

Ao que Punk-Princess166 completou:

— Você não vai se livrar da gente tão fácil, múmia.

Todos nós sorrimos. Nosso trabalho no Mundo da Superfície estava terminado, mas sabíamos que algo ainda mais incrível nos aguardava do outro lado:

Uma vida inteira.

FIM

EXTRAS: ALÉM DO MUNDO DA SUPERFÍCIE

O chute da Dona Morte
foi muito forte, mas foi na trave
Por isso que agora jogo de modo frio,
mas eu cuspo lava

Oddish, "Senhor Tempo"

Playlist do mundo da superfície:

Músicas para escutar enquanto se joga Minecraft ou lê *A Espada de Herobrine* e *A vingança de Herobrine*. Acesse a playlist por meio do QR code:

1 - "In The End" — Linkin Park

2 - "Survival" — Eminem

3 - "Blockbuster Night Part 1" — Run The Jewels

4 - "Skate no pé" — Black Alien

5 - "Remember The Name" — Fort Minor

6 - "Killing In The Name" — Rage Against The Machine

7 - "Kick Me" — Sleeping With Sirens

8 - "Back To The Shack" — Weezer

9 - "No Cities To Love" — Sleater-Kinney

10 - "Let's Dance To Joy Division" — The Wombats

11 - "War Eternal" — Arch Enemy

12 - "Hero" — Nas

13 - "New Slaves" — Kanye West

14 - "Nóiz" — Emicida

15 - "Left Behind" — Slipknot

16 - "Don't Mess With Me" — Brody Dalle

17 - "The Bureau" — Gerard Way

18 - "Manifesto" — Fresno

19 - "Minha tribo é o mundo" — Flávio Renegado

20 - "Renegade"— Jay Z. feat. Eminem

Entrevista: Herobrine

Olá! Hoje nós conseguimos fazer uma entrevista com a maior celebridade de todos os tempos: seu nome é Herobrine e ele tem feito bastante barulho por onde passa — de forma literal e figurado. Esta entrevista foi fruto de uma longa negociação e demorou meses para acontecer, afinal, destruir todos os mundos é uma missão que toma todo seu tempo. Espero que goste da nossa entrevista.

Pergunta: Olá, Herobrine. É um prazer conhecê-lo. Você poderia falar um pouco sobre você e o que você planeja para o futuro?

Herobrine: Como assim existe alguém que não sabe quem eu sou? Me diga quem é essa pessoa, vou devorar a alma dela e assar sua carne no fogo do Nether. Eu sou Herobrine, o conquistador, destruidor de mundos, o Fantasma do Nether, o pesadelo que anda.

P: Certo... Hum... Que tal você nos falar um pouco sobre sua infância?

H: Minha infância? Sim... foi uma boa infância. Eu torturava *creepers*, *endermen* e zumbis por horas a fio. Foi uma infância muito feliz.

P: Você torturava zumbis?

H: Claro... Quando eu dominar o mundo, todas as crianças aprenderão na escola como destruir planetas, fazer maldades e arrotar depois do almoço.

P: Você não acha que machucar coleguinhas e zumbis é cruel demais até mesmo para você?

H: Você tem algum problema com isso? Eu ficaria mais do que feliz em usar você como cobaia em vez de gatinhos...

P: Hum... Acho melhor a gente mudar de pergunta. Que tal você me dizer qual sua banda favorita?

H: Essa é fácil. Eu gosto muito de Creeper Canibal, uma banda de rock que tem letras bonitas. Minha música favorita é do disco *Império Enderman* e se chama "Eu destruí sua plantação e suas minas". Um sucesso!

P: Vamos fazer um jogo: vou falar algumas coisas e você me responde a primeira coisa que vier em sua cabeça. Vamos lá, primeira palavra: Felicidade.

H: O choro e a lamentação dos meus inimigos.

P: Um dia feliz.

H: O dia em que expulsei os Usuários deste mundo e comecei minha destruição em larga escala.

P: Um sonho.

H: Conseguir tirar uma foto com os caras do *Creeper Canibal*; são meus ídolos e me inspiraram muito.

P: Um lugar perfeito.

H: Qualquer lugar destruído e cheio de fogo, algo legal e confortável, tipo o Nether.

P: Muito bem. Herobrine, eu gostaria de agradecer pela oportunidade de entrevistá-lo. Tenho certeza de que os leitores da revista *Steve* vão ficar muito interessados na sua história.

H: Sou eu que devo agradecer pela oportunidade de mostrar que um Senhor do Mal® pode ser agradável quando não está destruindo sua casa e sua vida. Muito obrigado... Apenas um detalhe: me faça parecer legal em sua matéria ou vou te trancar num porão do Nether e será o fim de toda sua existência...

P: Claro, claro, Herobrine, vou me certificar de que todo mundo saiba que você é o mais legal e o mais incrível de todos.

H: É bom mesmo.

Jogos favoritos da Bia

1 - Minecraft
2 - Minecraft: Story Mode
3 - League of Legends
4 - Ōkami
5 - Dota
6 - World of Warcraft
7 - Naruto Shippuden: Ultimate Ninja Storm 4
8 - Final Fantasy
9 - Assassin's Creed
10 - A Boy and His Blob
11 - Ragnarök
12 - The Witcher
13 - Halo
14 - Tomb Raider
15 - Ori and the Blind Forest
16 - Fire Emblem
17 - Star Wars Battlefront
18 - Uncharted
19 - Guitar Hero Live
20 - Shadow of the Colossus

Desenhe o seu personagem favorito do livro

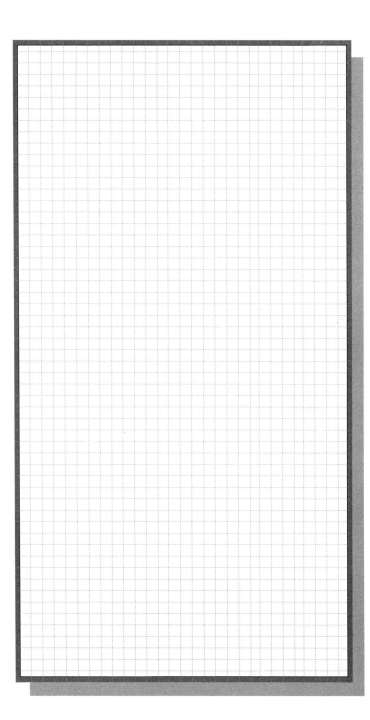

Filmes Legais

Se você gosta de Minecraft, isso quer dizer que você é uma pessoa que ama jogos. E você pode misturar isso com a outra coisa mais legal do mundo: filmes. Aqui você encontra uma lista de filmes para assistir enquanto faz uma pausa do Mundo da Superfície.

1 - Uma aventura LEGO
2 - Tron: O Legado
3 - Detona Ralph
4 - Final Fantasy VII: Advent Children
5 - Need for Speed: O Filme
6 - Resident Evil
7 - Kung Fury
8 - Príncipe da Pérsia: As areias do tempo
9 - Indie Game: O Filme
10 - Scott Pilgrim contra o mundo

AGRADECIMENTOS

Foi uma longa jornada até aqui — tão longa quanto a que meus personagens percorreram. Gostaria de agradecer a um monte de gente que me ajudou, apoiou e acompanhou o meu trabalho (e todos os choros na internet).

Primeiro de tudo: obrigado, leitores. Sem vocês eu não estaria aqui. Sem os milhares de leitores de *A Espada de Herobrine*, seria impossível continuar a jornada. Obrigado! *You rock!*

Obrigado a minha esposa (por me aguentar e por tudo mais) e a minha gata (January, A Primeira de Seu Nome, Rainha das Sete Caixas de Areia, Mãe do Sachê).

Obrigado aos meus amigos mais antigos, por me escutarem quando eu passava horas contando minhas ideias, por me perdoarem quando eu pegava um CD emprestado e não devolvia. Também agradeço aos meus amigos recentes, por me escutarem quando passo horas contando minhas ideias, por me perdoarem quando pego CDs emprestados e esqueço de devolver.

Obrigado aos músicos que fizeram músicas que me permitiram trabalhar madrugada adentro, vocês são monstros!

Obrigado, Eiichiro Oda, por criar One Piece, Tite Kubo, por Bleach, as senhoras do CLAMP, por tudo que fizeram (sério, eu amo tudo).

Obrigado aos meus amigos internacionais. *Yo, guys, thank you*: Baz, Insuni, Darren, Ben, Alejandra, Charlie, Laura. *Hey, we need a party*.

Obrigado: Eduardo, Carol, Marcelo e Arnaud, por me aguentarem bravamente e tornarem essa história possível. Todo mundo da produção e revisão: *You are bold and brave... respect*! Todo mundo, todo mundo mesmo do Grupo Autêntica, vocês são *awesome*. Como diz o mestre: É nóiz.

Eu certamente me esqueci de alguém, peço desculpas. A memória é fraca, muitas horas trabalhando, outras assistindo seriados e outras lendo. Se você é uma pessoa legal, saiba que também estou te agradecendo.

Um abraço,
Jim

KEEP CALM AND PLAY MINECRAFT

Leia também

A espada de Herobrine
Jim Anotsu

A batalha da colina zumbi
Os Guardiões do Mundo da Superfície – livro 1
Nancy Osa
Tradução de Ana Carolina Oliveira

Exílio nas terras distantes
Os Guardiões do Mundo da Superfície – livro 2
Nancy Osa
Tradução de Rodrigo Seabra

Este livro foi composto com tipografia Electra LT Std
e impresso em papel Off-White 80 g/m² na Paulinelli.
